Des
com
passo

Luis Fonsseca

Des com passo

Agradecimentos

Ao Giovane pela companhia.

Ao Mauro Rechtand por possibilitar 'trabalhar' minhas questões.

Ao Márcio Rollo pela troca de ideias que me apoiou a escrever.

À Patrícia, à Monica, à Cassia e ao Paulo, meus irmãos, por estarem sempre comigo.

Aos parentes e amigos queridos que ajudaram a fazer possível este livro:

Adriane Rodrigues Coelho, Ana Paula Apolônio, Anderson Nascimento de Oliveira, Barbara M M Vieira, Claudia da Silva Grether, Claudia Hoirisch, Cristiane Schuch Pinto, Edméia Nogueira Toledo, Eduardo da Motta e Albuquerque, Emmanuel Galano, Evandro da Silva Freire Coutinho, Evelyne Teixeira de Almeida, Evelyse Teixeira de Almeida, Gerson Luiz Sales, Iônio Salgado Filho, José Roberto Gadbem, Júlio Cesar França Lima, Kathie Njaine, Lidia Maria Tonon, Lis Hamdan Resende, Lucia Fonseca do Amaral, Lucio de Almeida Teixeira, Manoel Artur da Silva, Marcela Rosa Fonseca, Marco Antônio Quirino Duarte, Marcos Braccini Pereira, Maria de Fatima Fonseca, Maria Elizabeth

F. Magner, Maria Elvira Almeida do Amaral, Maria Virgínia Braccini, Marilda Aguiar de Almeida, Mark Drew Crosland Guimarães, Monica Matta Machado Auler, Monica Silva Martins, Pedro Burger, Philippe Schultz Fonseca Baptista, Rafael Fragnito, Rawlinson Dias Rodrigues, Riccardo Orlandi, Ronaldo Morado Nascimento, Sonia Bittencourt, Tereza Christina Vallinoto, Washington Pais.

Especial agradecimento ao Alencar Perdigão, da Livraria Quixote, pelo incentivo e possibilidade da publicação deste livro.

Sumário

Apresentação do editor

Disse Faulkner que o passado não estava morto, sequer era passado. É bem provável que se referisse principalmente à sua busca estilística, mas podemos nos apropriar e concordar que o passado tem essa virtude de se fazer presente quando menos preparados estamos. Nossos precursores se esforçaram, nem sempre de maneira consciente, a deixar para trás tantas coisas, que diversas histórias acabaram esquecidas.

A Historiografia tem seus méritos em resgatar parte dessas histórias, dar-lhe datas, transformar em estatísticas, e coibir negacionismos. A Literatura completa esse serviço, dando aos personagens rostos, individualidade e possibilidades. Não é que a história de Vico, do conto que dá nome à essa coleção, seja mais importante do que as histórias de Eduardo, ou Mônica, e tantos outros, que já foram contadas. É que também tem algo a nos dizer, algo que impulsiona, que se transforme em uma memória e que seja contada.

Como é contada é invenção do autor. Luis Fonsseca parece ter afinidade com as crônicas e seus textos poderiam, na maior parte, terem sido publicados em jornais diários, quando ainda havia esse hábito. Ele se distancia dos personagens, os observa em situações muitas vezes cotidianas: encontros casuais, relacionamentos mundanos, dramas familiares. Muitos dos personagens são jovens, passando por momentos de iniciação e de definição da sua sexualidade, e muitas vezes, isso causa um deslocamento na história, mas que sabemos ser algo cotidiano e que deveria ser banal.

A tensão que a questão da sexualidade pode causar no leitor, é acompanhada de outra tensão. Essas "crônicas" estão sendo contadas hoje, trazendo elementos do passado: hábitos, locais, expressões etc. Essa mistura, mesclando o tempo, pode não ser o tipo de experimento não-linear que Faulkner propunha em seus romances, mas causa estranheza – e na arte, quiçá na vida, estranheza é fonte de alumbramento –, rompendo com a temporariedade. O passado deixa de ser passado.

Não temos a ambição, nós da Quixote, em justificar esta publicação afirmando resgatar o passado, deixá-lo vivo ou qualquer coisa deste tipo. Somos menos que uma pedrinha atirada em um rio caudaloso. Nos interessamos por esses textos e por isso oferecemos ao nosso leitor. Que cada um encontre sua razão para se engajar com essas histórias e alimentar o futuro.

João Camilo de Oliveira Torres

Prefácio

Descompasso é uma coletânea de estórias que retratam o desconcerto e inadequação de personagens no mundo em que vivem.

A ideia de escrever um livro acompanha o autor há muito tempo, mas também o acompanhou a dúvida. A dúvida da solidão como diz Marguerite Duras, a solidão do silêncio ao redor, do duro isolamento no trabalho da escrita, do reconhecimento no outro. Essa dúvida requer uma decisão que, para alguns, acontece com a maturidade. Deve acreditar que para mergulhar é preciso coragem, puxar o fôlego e saltar. Imaginar que o vazio da queda se esvai na delícia do contato com a água, com o livro editado.

Luis Fonsseca sempre gostou de ler e escrever, mas, como diz Virginia Woolf, fazer anotações e escrevinhar versos é como os frutos isolados que brotam aqui e acolá. É diferente de escrever uma obra que requer um tempo maior de concentração. Woolf diz ainda que é da natureza do ego do artista se importar com o que pensam dele, é preciso ter a alma desperta para suportar a instância do julgamento. É preciso aprender que a vida é uma estrada perigosa e não ter medo do inesperado, entender que quando um personagem deseja ou age, o faz com convicção sem se preocupar com aceitação ou rejeição.

A literatura pressupõe uma maneira de olhar traduzida em linguagem própria que aguce o interesse de quem lê. O escritor abre portas para um mundo novo, não se fia mais em limites e reage às certezas para se deixar estremecer frente ao imprevisível e ao indizível, conquista para seus personagens espaços de desejos, de neuras e desembaralha o caminho para a imaginação, criando algo verdadeiro para seu tempo presente.

Para isso o escritor deve ter os olhos abertos, não perder o encanto e ser honesto com seu coração, encontrar na solidão da escrita a sintonia com seus sentimentos.

A escrita de Luis Fonsseca desconstrói estórias e constrói narrativas tecendo passado e contemporaneidade sobre fatos e sentimentos. Não há julgamento que dê conta do essencial de cada pessoa. Afinal, quem já não tropeçou em seus próprios passos?

Janeiro de 2025

Descompasso

Lídia abriu a porta do apartamento e deu de cara com o Vico de bermuda jeans e camiseta branca caído no meio da sala sobre um exemplar aberto do Jornal do Brasil. Estava morto. Na mesa em frente, o resto do jornal, duas chaves numa argola, uma caixa de leite CCPL, a metade de uma baguete sobre um saco de papel, uma faca serreada com restos de manteiga, uma caneca com resto de café e açúcar no fundo, uma cafeteira térmica azul, uma manteigueira e um açucareiro de plástico amarelado, um copo Nadir Figueiredo sujo de leite e um pó branco que manchava a colher que estava dentro do copo. Sobre a mesa havia também uma embalagem aberta de Baygon e sobras do mesmo pó na toalha.

Lídia mal conhecia o Vinícius que tinha se mudado para seu apartamento no dia anterior. Fechou a porta, procurou não se precipitar e, mais que tudo, não tocar em nada. Telefonou ao Beto com quem Vico morava em Copacabana. Beto pediu calma e lembrou de um primo médico que talvez pudesse reconhecer o óbito e emitir um atestado para evitar os trâmites oficiais de autópsia legal da polícia. Ia entrar em contato com uma funerária para o translado do corpo ainda naquela tarde. Lídia disse que não tinha condições de ficar em casa e esperaria por Beto na portaria do prédio. Enquanto ela telefonava para uma amiga pedindo para passar a noite no seu apartamento, foi até o bar em frente de onde podia ver quando Beto chegasse. Já tinha tomado cinco latas de cerveja, quando viu Beto e o primo se aproximarem.

Regina, irmã de Vico, depois do choque ao telefone concordou com as iniciativas tomadas por Beto. A família arcaria com os custos, inclusive do transporte do corpo para Belo Horizonte, pois sua mãe não iria ao Rio de Janeiro nessas circunstâncias.

Dois dias depois, numa cerimônia com poucos amigos e familiares, Vico já estava enterrado junto com a palavra suicídio.

Vico não deixou nenhuma nota escrita, somente suas pinturas. A arte é uma linguagem de expressão da imaginação e é a imaginação que conduz a história do artista.

Vinícius Ferreira Martins, o Vico, um rapaz da classe média de Belo Horizonte, nascido sob o signo de escorpião, é um cara bacana, de espírito dionisíaco numa beleza apolínea, embora tímido. Uma boca de lábios sensuais, dentes perfeitos e sorriso travesso, olhos castanho-esverdeados, olhar penetrante e desconfiado, que parece guardar alguma coisa na alma. É como se olhasse para dentro e não para fora, olhos que não reconhecem. Uma vez se sentindo acatado, se faz macio e melancólico, transbordando languidez num encantamento que cativa e o reconhece no cara legal.

Aparências ocupam espaços na realidade e Vico escapa de situações embaraçosas reforçando seu lado engraçado e espírito agitado. Se expande e ao mesmo tempo se retrai na superficialidade. O pai diz que viver é matar um leão por dia, e o medo do leão o assusta. No descompasso amoroso da boemia de Beagá, a bebida e as drogas o fazem sentir mais relaxado, mas nos excessos, sua beleza não flui, sente a alma vazia. Um amigo diz, Vico, seu problema é que você tem medo de amar! Ele se apavora, porque não consegue ver sentido naquilo, além do medo do fracasso de não conseguir matar o leão no sexo. Alivia o tesão e a tensão quando se masturba.

Com José Renato faz sexo com homem pela primeira vez. Uma epifania que não o entusiasma e torna-se amigo de Zé Renato. O prazer se degladia entre o bem e o mal e Vico busca caminhos de espiritualidade em experiências de corpo e mente. A rua é o mundo. Em casa, o único ponto de relação é Regina, a irmã mais próxima. Se fragmenta em grupos que não dialogam entre si, faculdade, arte, política, ioga, maconha e cachoeiras. Tem a sensação de ser um boneco de corda, um ator do absurdo sem texto, sem palco nem cenário. Quando sabe da morte de uma amiga, diz que viver é uma tarefa difícil e não deve ser uma obrigação. Admira os suicidas, porque com certeza descobriram a dor.

Começa a ter episódios de desconforto quando fuma maconha. Mente e corpo não batem no mesmo ritmo, como se faltasse oxigênio. Também tem um pesadelo recorrente. Sonha que salta de um trampolim e voa como um pássaro numa sensação maravilhosa de consciência onírica, quando de repente, o prazer dá lugar ao desespero da queda, adentra um imenso vazio e acorda apavorado por não compreender.

Quando a vida se fragmenta, o imaginário ocupa o espaço da razão. Começa a fazer teatro e, no entanto, não consegue trabalhar suas fissuras. Para satisfazer a necessidade anímica procura pintar como possibilidade para expressar suas emoções. Na Guignard conhece o Glauber. Dormem juntos no primeiro dia e Vico gosta. Glauber admira a pintura de Vico e o incentiva a ir para uma cidade maior. Quando se separa de Glauber, dá vazão à sua agressividade criando uma pintura tensa e vigorosa que chama atenção. Seus quadros são uma forma da consciência da sua raiva e do seu desejo de amar. Cores vibrantes, riscos e quebras nos traços refletem a luta entre amor e ódio numa mente inquieta.

À noite, caminha sozinho pelas ruas da cidade. A escuridão acalma e seduz numa mistura de medo e desejo que revive nele as primeiras masturbações escondidas. Numa dessas andanças noturnas escuta um bêbado dizer, "quem não se conflita permanece preso à genitalidade dos pais". Nunca esquecerá esse aforismo, que coincide com a morte súbita do pai. Não consegue chorar lembrando o beijo carinhoso que recebera uma semana antes. A vida é um fio tênue que nos ata a esse mundo. Numa tal incompletude, sente-se culpado por não ter tido tempo para o perdão. Não fosse a pintura não haveria motivo para viver. Comunica à mãe a vontade de ir para o Rio de Janeiro.

No Rio, divide apartamento em Copacabana com Beto e Tadeu, de Beagá. O curso de pintura não é barato nem os materiais para as aulas. Aumenta sua dependência e angústia. O medo do fracasso o deixa retraído no

Parque Lage, um refúgio artístico e intelectual com fácil acesso às drogas. Para sair daquele sentimento de insignificância, Vico dá vazão bruta à sua criatividade. Volta a sonhar que salta de um trampolim como um pássaro e cai numa piscina que desaparece. Fica horas deitado fumando um baseado, olhando para o teto, remoendo um medo intraduzível de fracasso, medo do leão e medo de amar. Comer, cagar, mijar e dormir exigem um esforço tremendo. Acorda suado ao lado de Tadeu. Gosta do sexo com ele, mas não dura.

Sua pintura é a linguagem da sua incompletude. Expressa silêncios em alternâncias de sombras com uma técnica que chama a atenção dos professores. Conhece Lídia, uma garota com piercing na aba esquerda do nariz, uma borboleta tatuada no ombro direito e uma cicatriz no pulso esquerdo. Se identificam na linguagem sombria das suas pinturas. Uma noite dormem juntos e ficam amigos. Lídia tem muita gana de viver, mas Vico percebe isso como um esforço inútil. Lídia conta do dia que cortou o próprio pulso. Não se sentia feliz e estava disposta a morrer. Parecia haver mil razões para cortar os pulsos, mas não havia vontade na sua atitude, era o tédio, uma maneira de expressar seu rancor e raiva. Vico diz a ela que o suicídio é para os fortes e corajosos, os que realmente querem se conhecer. Lídia sorri e diz que nada mais patético que o suicídio num belo dia de sol.

Uma noite, na Nossa Senhora de Copacabana, conhece Lucas. Caminham até a praia num trajeto de poucas palavras que os aproxima. Vico conta que pinta e Lucas chama atenção para o escuro do mar e as estrelas, passa o braço sobre os ombros do outro, abraça-o e busca um beijo que é retribuído. No apartamento de Lucas, Vico vai até a varanda e olha a chuva fina sob a luz do poste. Lucas se aproxima e vão para o quarto de mãos dadas. Algo interfere na entrega de Vico, a nudez não é suficiente para vencer o medo e o descompasso que não compreende. A beleza também tem sua incomunicabilidade. No beijo frio e seco, Lucas percebe que Vico está noutra realidade, seu corpo e sua expressão parecem não responder, há uma aflição, uma impulsividade na sua atitude como se interpretasse uma personagem. Por fim, Vico deita a cabeça no peito de Lucas e canta baixinho que o mal é bom e o bem cruel. Resta o afeto para acalmar os corações. Dormem abraçados.

A luta interna de Vico é como uma correição de saúvas devorando uma planta sem forças. Lídia cita um aforismo de Kafka que diz que "o mal é uma radiação da consciência, o mundo físico não é uma ilusão, mas a imagem que dele construímos". Ela diz que sua colega de apartamento foi morar na Bahia e pergunta se Vico não gostaria de morar com ela. Vico diz que sim com uma convicção inesperada e pede dois dias para acertar as coisas com o Beto e o Tadeu.

Quando Vico chega no novo apartamento, sente em Lídia o cheiro do *patchouli*. Ela mostra o quarto onde já deixa suas coisas. Sentam-se na sala para tomar uma cerveja e conversar. Lídia coloca o disco Gal Tropical. Vico lembra-se de Lucas, nunca mais se viram. Conversam sobre pintura e Vico parece feliz. Fumam um baseado. Ao escurecer, Lídia sugere descer até a padaria e comprar algo para lancharem. Fazem suco de laranja com cenoura, comem sanduíche de pão francês com queijo e peru defumado e dividem uma barrinha de Diamante Negro. Fumam outro baseado. Vico diz que vai tomar um banho e dormir. Lídia diz que vai acordar às sete horas e sair às oito para a faculdade.

Sozinho no seu quarto, busca na mochila a toalha. Não toma banho e tem a sensação de que tudo continua igual. Não é um quarto ou apartamento novo que vai mudar as coisas dentro dele. A solidão traz o desalento da falsidade das coisas em atitudes incoerentes. O pensamento moroso e torturante dói. Vai até a janela e a vista de uma árvore o distrai daquela divagação. Fuma um cigarro e volta, apaga as luzes e deita-se com as mãos sob a cabeça olhando o teto. Dá-se conta de lágrimas. Pensa que a vida é pior que a morte. Chorar lhe traz uma paz que há muito não sentia. Dorme.

Quando salta do trampolim num movimento elástico e monumental como um pássaro, dá-se conta de que a piscina está vazia, tenta desesperadamente bater as asas-braço, mas em vez do baque contra os azulejos da piscina, adentra um espaço vazio incomunicável e desesperador, e nesse vazio tenta buscar uma mão para segurar e vê a imagem do pai. Imediatamente abre os olhos numa sombra de compreensão como se tivesse emergido de águas profundas. Um grito de pavor fica agarrado na garganta, quase sem fôlego. Um sonho ruim. Acorda com a respiração entrecortada, tremendo e suando frio. Levanta o tronco e passa as mãos pelo rosto procurando confirmar sua materialidade. Uma luz pálida trespassa a veneziana da janela e reconhece o quarto em Laranjeiras, no apartamento da Lídia. É em torno das cinco horas da manhã. Luta para não perder a lucidez. Ajeita o travesseiro junto à parede, recosta, pega um cigarro no maço que está ao lado do colchão, acende e dá uma tragada gostosa. O tabaco é um bom companheiro. Embora perceba uma atmosfera familiar na casa da Lídia, se sente um estrangeiro, um exilado sem esperança de retorno à terra prometida. À medida que fuma, no silêncio do seu coração, pensa nas suas pinturas, na grande obra que gostaria de realizar, uma obra definitiva. Sente uma inspiração, um impulso pelo nada, como o vazio recorrente do seu sonho.

Escuta barulho na cozinha e sente cheiro de café. Lídia diz que deixou uma cópia da chave em cima da mesa. Vico diz que vai comprar um pãozinho fresco, manteiga e um litro de leite e Lídia lembra que tem manteiga na geladeira. Descem juntos e se despedem com um beijo na porta do edifício. Vico compra uma baguete e um litro de leite em caixinha, depois entra na loja de ferragens ao lado da padaria e compra uma latinha de inseticida Baygon em pó. Passa na banca de revistas e compra o Jornal do Brasil.

Entra no apartamento com a chave dada por Lídia e deixa-a novamente em cima da mesa, como estava anteriormente. Vai até a cozinha e com uma faca corta duas pontas da embalagem do leite, apanha uma caneca, um copo e uma colher. Abre a geladeira, pega a manteiga e leva tudo para a mesa. Calmamente abre a latinha de Baygon. Se serve de café e passa manteiga numa das metades da baguete e, enquanto come, abre o jornal. Nada de novo no mundo. Coloca duas colheres do pó inseticida no copo. Acha pouco e coloca mais meia colher. Mistura tudo vagarosamente com o leite até obter um líquido engrossado e homogêneo. Enquanto lê o encarte cultural do jornal, saboreia o pãozinho fresco da manhã com café e aquilo o faz lembrar de Beagá. Quando chega na sessão sobre artes plásticas, Vico pega o copo de leite e dá o primeiro gole. O gosto é péssimo. Toma tudo de uma vez sem respirar e continua a ler o artigo sobre uma exposição coletiva que aconteceria no Parque Lage e pensa na sua grande obra.

O Parque Lage insinua-se num pensamento confuso que mistura cores e cheiros. *Hoje sonhei que saltava no ar como um pássaro, uma sensação maravilhosa* ... não embarca numa viagem tranquila e inocente, é tomado por uma sensação dolorosa com náuseas e cólicas abdominais ... *assim como o sol derreteu as asas de Ícaro, uma consciência onírica derreteu a ilusão do meu voo e o prazer deu lugar ao desespero* ... seu corpo se contorce a cada contração e sua respiração segue sem ritmo, não consegue ficar sentado e ao levantar-se derruba a cadeira e o jornal. Cai no chão ao pé da mesa sobre o jornal... à medida que adentrava um imenso vazio gritava em desalento ... é como se estivesse sendo conduzido numa velocidade tão incrível que as coisas se desmaterializam em luzes... *foi quando vi meu pai. Pai, me dê sua mão. Veja, completei minha grande obra!* Dá uma forte expiração e penetra na enorme ausência. Nada mais resta.

Espelho

"Sinto-me um impostor quando
vejo o velho do meu espelho ..."
GORE VIDAL, PALIMPSESTO, 1995

Na cama está o rapaz que conheci no bar da sauna há meia hora. Se aproximou, deu um sorriso e disse, me chamo Alan. A maioria dos boys – como gostam de ser chamados – não querem ser eles mesmos o objeto-mercadoria e, transferem o artigo de venda como fetiche-mercadoria para a sua vara endurecida. Mas o Alan o encantou pelo sorriso.

Trouxe o desejo que desassossega o Outro que me coabita. Embora o artigo de troca seja o dinheiro, quem troca não sou eu, mas o Outro, esse que comigo conversa, discute, argumenta, que conhece meu íntimo, incita minhas fantasias e me empurra para viver. Ao contrário de mim, esse Outro não aparece no espelho. Não o conheço fisicamente e não tenho controle sobre ele quando se manifesta em minhas atitudes. Às vezes, acredito que o vejo em mim no mesmo corpo, mas nem sempre o reconheço nas minhas fantasias.

Talvez não estivesse ali se não nadasse em segurança no oceano de águas azuis do Viagra. Aos sessenta e cinco anos, o corpo que acasala eu e o Outro precisa da segurança do azul para realizar desejos remotos que o habitam.

Talvez o Alan não se chame Alan. Não importa, cada um é o seu personagem. Eu também não tenho nome porque sou o Outro. Se fora eu, não conseguiria estar aqui, onde o Outro está à vontade. Meu Outro conversa com Alan que se engraça com seu jeito ousado. Ofereço uma Coca-Cola e concordamos um particular por cem reais, pagamento *a posteriori*, sem essa de satisfação garantida ou seu dinheiro de volta, é preço fixo para o que der e vier. A vida ensina que *business is business*. Alan parece se engraçar com o jeito do Outro, por isso sua simpatia parece sincera, além disso, dá garantias da mercadoria que o Outro quer. Garantias de alto risco, palavras soltas podem voar ao vento.

Subindo uma escadaria de madeira estão os quartos privativos a cinquenta reais por hora de uso, pagamento antecipado.

Na cama está o rapaz que conheci no bar da sauna há meia hora e diz se chamar Alan. Tudo muito simples, um estrado e um compensado sob um colchão de espuma tamanho casal coberto por uma colcha de algodão e poliéster de qualidade inferior presa por um elástico já envelhecido pela quantidade de lavagens. Dois travesseiros forrados com plástico. No canto oposto à porta, uma pia com duas gastas toalhas de rosto, um sabonete usado e um rolo de papel higiênico pela metade. O pequeno cômodo não permite ignorar o espelho que toma a parede em frente à cama. A lâmpada ambarina, presa a um bocal, pende por um fio do meio do teto de madeira compensada e obriga a ver nossa imagem no espelho.

O Outro me chama para o Alan que também veste seu personagem procurando um caminho de satisfação mútua. Alan é carinhoso, eu gosto disso e reforço a atuação do Outro. Os dois (ou serão quatro?) se entendem. O Outro consegue mesmo uma boa ereção de Alan estimulando o jogo de reciprocidades e fantasias. Tudo funciona como num filme pornô e o Alan fica mais bonito à medida da testosterona do ator que decora seu papel e isso faz surgir outras cores naquele pequeno cômodo. O Outro se entrega incontinente e lascivo.

Alan não é um atleta sexual, mas sabe conduzir seu personagem no abordar o cliente, no controle da ereção e da ejaculação. Ejacular é a cereja do bolo e custa bem mais caro, pois, se gozar é um direito do consumidor, é o produto de maior valor do vendedor.

O boy é bem treinado na arte da masturbação e no controle muscular. Para poder encarar diferentes pessoas, geralmente disformes ou mal-apessoadas, o boy desenvolve um truque narcísico de autoadmiração, daí a importância do espelho. A arte da prostituição é perpassar o desejo, se projetar e mover no elemento e espaço da carência do outro. Alan é inteligente e um mestre na psicologia do erotismo, sabe distinguir um mal-amado de um solitário, procura conhecer os Outros dos clientes e tem especial atenção com os mais velhos, que se voltam adolescentes no pequeno cômodo sob a luz ambarina.

Na cama está o rapaz que conheci no bar da sauna. O Outro está deitado ao seu lado, cansado. Relaxados, o Outro e eu voltamos a ocupar o mesmo corpo. A colcha com elástico frouxo de algodão e poliéster está remexida e deixa à mostra o colchão de espuma recoberto por uma capa de plástico, que ambos evitam tocar. Nenhuma palavra vale a pena.

Tomo uma ducha rápida e, enquanto Alan também se lava, busco a toalha que estava pendurada no cabideiro. Ainda nu e sozinho no quarto, de súbito, vejo meu reflexo no espelho da parede. A luz projetada do alto, por trás do meu corpo, realça saliências e sulcos na pele amarelada. Com o Outro insuspeito, me vejo inteiro e definitivo no espelho e, inopinadamente, me sinto um impostor vendo o velho no espelho.

Gim-tônica primavera

A primeira quarta-feira do mês tem sido dedicada ao encontro das amigas. Quarta-feira é um dia meio: meio de semana, meio vazio e meio nada ali no clube onde elas se conheceram quando as crianças eram pequenas. O Clube Paissandu fica no bairro do Leblon e é frequentado pela alta classe média do Rio de Janeiro. Está cercado por um muro de pedras que até os anos 60 serviu para isolar aquela ilha de tranquilidade da antiga Favela do Pinto, destruída por um incêndio em 1969. O clube preza pela segurança de seus frequentadores. A única comunicação com o exterior se faz por meio de um enorme portão de ferro com passagem para pedestres e viaturas. Ao lado do portão fica uma guarita para identificação de pessoas e automóveis. Homens com paletó azul-marinho e insígnia do clube gravada no bolso fazem a segurança. Logo depois do portão, uma pista revestida de pedras Miracema retangulares dá acesso, pela esquerda, à sede do clube e, continua à direita para o estacionamento. Quatro degraus levam à porta de vidro do hall principal da sede que se abre para uma grande sala de estar com sofá e poltronas confortáveis ladeadas por mesinhas com cinzeiros e abajures; no centro, um tapete arraiolo e uma mesa de cedro baixa onde repousam revistas diversas.

Vinte anos depois do incêndio da Favela do Pinto, durante uma tarde com sol de primavera, as cinco amigas têm mais um encontro marcado no Clube Paissandu. Entretanto, hoje, as cinco são quatro, pois a Ana está com o filho no hospital. Em torno das três horas elas já vão disputando pontualidade. As primeiras a chegar se acomodam no salão com sofás e poltronas de onde deverão sair para o gramado perto da piscina.

Lena ou Helena Torres de Albuquerque é a primeira a chegar. Está linda num vestido sem mangas de linho bege da Cantão calçando uma sandália Arezzo. O vestido tem um decote quadrado deixando sobressair no belo colo bronzeado um colar de resina marrom e amarelo da Bijoux, fazendo conjunto com o bracelete. Lena, esposa de Maurício Scheffer de Albuquerque, empresário da construção civil, é loira e tem os cabelos bem escovados, soltos na altura dos ombros, olhos castanho-claros sob sobrancelhas finas. O nariz e a boca, retocados por cirurgia estética, apesar de simétricos, limitam um pouco seus movimentos naturais. Faz academia três vezes por semana e mantém um corpo bastante atraente para seus cinquenta e dois anos de idade. Lena tem um filho, Lucas, terminando a faculdade de engenharia civil na PUC.

Logo chega a Sandra de Melo Franco, uma bela baiana morena de praia que veio morar no Rio depois de se casar com Valter de Melo Franco, engenheiro de alto escalão da Eletrobrás. Sandra tem quarenta e oito anos, é de estatura mediana, tem o rosto ovalado com olhos amendoados castanho-escuros, lábios carnudos, cabelos escuros e ondulados presos por uma bandana colorida. Veste uma bermuda de linho marrom e blusa de meia malha verde-escuro da Sloper, calça também uma sandália baixa de tiras do alto artesanato baiano e usa colar e bracelete do mesmo artesanato. Sandra é mãe de duas moças, Regina e Marta, e de um rapaz, o Breno. As moças fazem faculdade na Santa Úrsula e o Breno está começando a fazer Comunicação na Universidade Federal.

Lena se levanta quando vê Sandra chegando. As duas se cumprimentam com dois beijinhos como costume carioca e, mal se acomodam no sofá, já avistam na portaria a Irene que chega de táxi.

Irene Toledo Feitosa é casada com Carlos Feitosa, conhecido como Carlito, empresário no ramo de supermercados. Os negócios bem-sucedidos trouxeram o casal com seus dois filhos, André e Carlos Augusto, do Meier para o Leblon ainda nos anos 60. Carioca da gema, esta cinquentona tem uma pele branca com pequenas sardas de sol, um belo rosto em que sobressai o sorriso contagiante e os cabelos sempre arrumados de forma a dar destaque aos brincos. Irene chega com um vestido azul-cobalto de malha com mangas curtas e dois bolsos laterais, de decote arredondado, usando brincos, colar e bracelete de contas redondas de resina turquesa e calça uma sandália de salto também azul-turquesa. Irene compra suas roupas na butique de uma conhecida em Ipanema. Dentre as amigas, é a mais cheia de corpo sem ser gorda, por isso prefere vestidos confortáveis.

As três se cumprimentam e Lena sugere esperarem pela Tetê na mesa do gramado que ela já tinha reservado com o Cláudio, um bem-afeiçoado garçom conhecido no clube como o "moreno alto de olhos verdes" e por seu porte atlético.

Caminham até uma mesa redonda de laca branca, sob um guarda-sol de lona verde. Lena chama o Cláudio, que de longe acompanhara o movimento delas, e pede três gins com gelo e limão em copo grande e três garrafas de tônica, como sempre. Só depois pergunta às amigas: concordam? Todas concordam. Pedem ao Cláudio uma cadeira extra para colocarem as bolsas quando avistam a Tetê que passa pelo salão do clube como que procurando as amigas. As três abanam as mãos ao mesmo tempo e logo são reconhecidas pela amiga.

– Pode acrescentar mais um gim ao pedido, Cláudio – diz a Lena.

As três amigas se levantam para cumprimentar a Tetê com os dois beijinhos tradicionais.

– Demorei a encontrar um táxi em Copacabana, mas pelo jeito vocês também chegaram a pouco – diz a Tetê, ao tirar seus óculos escuros RayBan e os guardar na bolsa, que coloca na cadeira extra. Logo todas se sentam.

Tetê ou Teresa Lins e Castro é gerente de uma novíssima e moderna loja de decorações em Copacabana, a Top&Tok. É divorciada de Nelson de Castro, diretor de uma empresa de produtos químicos em Jacarepaguá. Tem um casal de filhos, Bebel e Jonas, que trancaram a faculdade para fazer intercâmbio nos Estados Unidos, pois o Nelson diz que inglês é a língua do futuro. Tetê é linda e regula idade com a Sandra, talvez um ou dois anos mais nova, cabelos castanho-escuros lisos em corte reto na altura dos ombros. Compra suas roupas quando viaja para o exterior. Veste uma calça branca de helanca com boca larga e uma camisa azul marinho de algodão fino com mangas longas dobradas e os botões abertos até a altura dos seios, mostrando um lindo pingente de ouro, usa um cinto fino em couro claro combinando com a sandália e a bolsa. Ajeitando o cabelo atrás das orelhas pergunta:

– E a Ana?

Ana Lúcia Gomes Faria é mãe de Beto e Bia, viúva de Pedro Bastos de Faria, tenente coronel do exército que faleceu num acidente de carro na Rio-Petrópolis. Na época, Beto tinha dezoito anos e a Bia dezesseis, o casamento de Ana estava conflituoso e parece que o acidente ocorreu quando Pedro ia se encontrar com a outra. Ana ficou com uma boa pensão e uma situação financeira confortável. Aos cinquenta e cinco anos é uma mãe dedicada, para não dizer possessiva em sua preocupação com o filho. Faz yoga duas vezes por semana por insistência de Beto. As amigas costumam comentar entre si que, apesar de tudo ou por causa de tudo, Ana é uma mulher triste, depressiva.

Quem responde é a Sandra, mais chegada a Ana:

– A gripezinha do Beto virou uma pneumonia e o médico sugeriu internar. Ele está lá na Clínica São Vicente, na Gávea, ainda não sabem ao certo a causa dessa infecção. A Ana está apavorada tendo que dar conta sozinha da situação, tensa como ela é...

– Que menino lindo o Beto, meu Deus, como pode um garoto tão simpático e com aquele corpão ficar doente – atalha a Lena.

Nisso chega o Cláudio com os quatro copos com gelo e limão, as quatro garrafas de tônica e um pequeno balde de gelo com pegador. Põe tudo sobre a mesa enquanto as amigas conversam.

– O Betinho é muito amigo do Lucas, meu filho – diz a Lena –, são belos, fortes e vivem na noitada. O Maurício já falou para o Lucas que tome cuidado, se não passar de ano na faculdade vai trabalhar *part-time*.

Lena é conhecida pelas amigas como uma pessoa superficial que procura sempre fugir de um assunto que possa incomodá-la.

– Tudo evoluiu muito rápido – volta a falar a Sandra, interrompida pela Lena –, uma gripe, febre, tosse e daí a pneumonia. Eu estou preocupadíssima, vocês ficaram sabendo do caso do Jorginho? Parece que pegou uma doença em sua última viagem a Nova Iorque e tudo começou com uma pneumonia...

– Com licença – diz o Cláudio com um sorriso, tentando ser simpático –, qualquer coisa é só chamarem. E sai em direção ao bar.

– O Jorginho era nosso amigo nos anos 70, íamos à praia juntos no Castelinho – diz a Tetê –, todo mundo sabia que ele andava com homens, inclusive fez uma série de pinturas de garotos nus, que fez muito sucesso em Nova Iorque. Ele até conheceu o Andy Warhol que na época também fazia um trabalho de pinturas sobre fotos de rapazes.

– Você está insinuando que o Jorginho teve essa doença que andam falando que ataca veados? – pergunta a Lena.

– Gays, Lena, hoje se fala gays, como nos Estados Unidos – palpita Irene.

– Parece ser um vírus que se reproduz muito rápido no corpo e se aloja no sangue e no esperma. O sexo anal é propício para o encontro entre sangue e esperma contaminado, por isso tem sido mais encontrado nos gays – informa a Sandra –, ainda não se conhece muito desse vírus, mas sabe-se que causa uma deficiência imunológica que propicia o aparecimento de diversas doenças e uma delas é a pneumonia. A Ana me disse que o Beto chora muito e isso é o que deixa ela preocupada, porque ele sempre foi muito alegre. A Ana é meio desinformada e eu não tenho nem coragem de falar com ela sobre essa coisa de vírus.

– E o Lucas, já está sabendo? Disse alguma coisa? – pergunta a Tetê para Lena, que quase se engasga ao sorver um gole do seu gim-tônica.

– Dizer o quê? – diz a Lena, e completa depois de uma vírgula prolongada –, ele não me falou nada.

Tetê, observada pelas amigas curiosas, volta a interpelar a Lena e fala num tom abaixo do que soaria como cinismo:

– Desculpa, foi você que disse a pouco que os dois eram muito amigos. Acho que os amigos conhecem mais nossos filhos que nós mesmas e você disse que vivem na noite.

Segue-se um leve silêncio e as amigas se reacomodam nas suas cadeiras, como se estivessem antes incomodadas. Irene é quem rompe o mal-estar.

– Eu estou bem a par desse assunto, parece que as autoridades não querem muito que o assunto ganhe destaque. Nos Estados Unidos, os grupos de homossexuais e de artistas têm cobrado do governo investimento em pesquisa e tratamento, mas aqui não se fala muito. Eu sei o que estou dizendo, porque meu filho, o Carlos Augusto, é homossexual!

Outro silêncio e novo acomodamento nas cadeiras. Para Irene, ser mãe de um homossexual dava, mais que tudo, o direito de opinar sobre o assunto, direito em que tanto o certo como o errado eram ornado de certezas.

– O Carlos Augusto sempre foi mais tímido, diferente do André. Não sei se por isso ele se apegou mais a mim ou se foi eu a ele. O Carlos sentiu mais nossa mudança para o Leblon, tinha dificuldade de fazer novos amiguinhos e penou mais que o André as ausências do pai, que na época estava ampliando a rede dos supermercados. Sendo mais apegado a mim, o Carlos me contava muitas coisas, coisas de criança e depois coisas de adolescente. Foi quando começou a trazer colegas para estudar ou ir estudar na casa deles e percebi que eram na maioria rapazes. Eu comentava com o Carlito e ele dizia que era coisa da minha cabeça, que eu paparicava demais por isso achava que o filho era muito delicado. Um dia perguntei na lata, Carlos, meu filho, você é homossexual? E ele respondeu na maior naturalidade, sim, sou, não é isso que a senhora queria ouvir? Fiquei pasma.

As amigas terminam seus gins-tônicas e chamam o Cláudio para servir uma segunda rodada. Lena sugere pedirem uma porção de aipim frito. Todas acatam. Lena aproveita para perguntar:

– Nossa Irene, que coragem a sua, e o que você fez depois da resposta dele?

– Eu respirei fundo. Na verdade, ele tinha razão, eu sabia, acho que uma mãe sabe de muitas coisas, mas não tem certeza. Certeza a gente só tem quando ouve da própria pessoa. Eu disse que tudo bem, que ele era meu filho e que eu o amava de qualquer maneira, que confiasse em mim, que queria que fosse feliz. Na verdade, eu tinha medo dele sofrer sendo homossexual.

Lena e Sandra estão como que surpreendidas enquanto a Tetê termina de tomar seu drinque calmamente. Todas estão atentas ao relato de Irene.

– Porque você acha que o Carlos sofreria sendo gay? – pergunta a Tetê e a Irene responde justo quando Cláudio, o garçom, se aproxima.

– Eu cresci com pouca informação sobre sexo, não se falava disso em casa nem na escola, embora a televisão e o cinema mostrassem cenas de beijos e abraços. Era com as amigas que falávamos sobre o que se passava com nossos corpos e com o que sentíamos. Sem saber de nada, percebia como a homossexualidade era vista como desvio ou doença e que essas pessoas quando descobertas eram logo achincalhadas com brincadeiras e mesmo com agressões. Apesar de saber que muita coisa mudou, não queria isso para meu filho.

Enquanto Cláudio serve a segunda rodada de bebidas, diz:

– Assim que estiver pronta, trago a porção de aipim.

Cláudio se retira e pousa um silêncio enquanto as amigas se servem das suas bebidas. O intervalo é rompido pela Tetê dando seguimento ao assunto.

– Admiro você, Irene, ter tido essa coragem, tanto em relação ao Carlos como em relação a você mesma, de enfrentar seus fantasmas. Hoje em dia, as coisas estão mudando muito rapidamente, eu trabalho com muitos gays no setor de decoração e arquitetura, que se destacam cada vez mais pela sua competência.

Lena tenta contemporizar buscando um desvio no assunto.

– Gente, estou lembrando quando trazíamos nossos filhos pequenos aqui no clube. Foram eles que nos aproximaram... André e Lucas se conheceram primeiro, depois Beto, Breno, Carlos e Jonas, que acabaram fazendo as meninas se conhecerem. Como se davam bem apesar das diferenças de idade, brincavam no gramado e na piscina, todos juntos.

Tetê não quer ser a chata da tarde, mas detesta essa mania da Lena de desviar assunto que a incomoda. Intercede trazendo a amiga para uma visão mais realista.

– Naquela época já percebíamos nossos filhos por meio das suas brincadeiras e da relação com os amiguinhos. Engraçado é nunca termos conversado sobre isso, falávamos de doença, de escola, de roupa... o máximo que conversávamos era sobre temperamento dos filhos, muito pouco sobre comportamento e afetos.

Cláudio chega com o prato de aipim frito, guardanapos e um paliteiro.

– Você lembra das crianças quando eram pequenas, Cláudio? – pergunta a Lena e, voltando-se para as amigas – Ele era bem jovem.

– Claro que me lembro, Dona Lena.

Todas riem com a resposta, sem ficar claro se era pela lembrança ou pelo "Dona Lena". Cláudio se retira.

– Gente, que loucura, a conversa começou com a notícia da internação do Beto e daí passamos a falar de gays... foi até bom para a Irene desafogar algo que nunca conversamos. Por que será que entramos nesse assunto? – a Tetê pergunta de maneira irônica.

– Não gosto muito do jeito que você fala, Tetê, parece que está chateada – diz a Lena, meio contrariada.

Sempre que surge uma tensão na roda de conversas, as amigas dão uma pausa. Tomam mais um gole de gim-tônica e a Sandra é a primeira a experimentar o aipim frito, incentivando as outras a provarem também.

– Hum, está uma delícia, bem sequinho – comenta a Sandra fazendo uma cara de satisfação.

– Chateada não, talvez um pouco tensa – responde a Tetê apreensiva –, essa história com o Beto me deixou nervosa... coitada da Ana...

– Sabem, mesmo que nunca conversamos sobre algumas coisas – disse a Irene –, não significa que o assunto nos seja indiferente. A questão é que quando achamos que alguns assuntos só dizem respeito a nós, acabamos oprimidas por eles, como se fosse segredo. Por isso resolvi logo abrir meu coração para vocês... uma espécie de confissão, que me desafogou o peito e a cabeça, posso garantir. Ai, falei, ufa, estou mais aliviada.

A internação do Beto não era indiferente a nenhuma das amigas. O medo tocava a todas e, parece que hoje as amigas de tantos anos, mesmo sem querer ou com dificuldades, estão tendo que acertar contas com elas mesmas. Nota-se claramente que a Tetê está inquieta e impaciente, toma mais um gole do gim-tônica e se dirige à Irene:

– Irene, que bom você ter aberto seu coração com relação ao Carlos. Eu gosto muito do seu garoto, ele é muito amigo do Jonas e você sabe como meus filhos são muito agarrados comigo...

Tetê se emociona e uma pequena lágrima escorre negra de rímel, ela apanha sua bolsa na cadeira extra e tira um lencinho com o qual limpa os olhos. As amigas se mantêm caladas e surpresas, e a Tetê continua:

– Que bom eles terem ido para os Estados Unidos... ideia do Nelson, ele acha que os meninos têm que procurar ser mais independentes... eu sinto falta, mas ainda bem que tenho meu trabalho para ocupar o tempo... bem, na verdade o Jonas mesmo, antes da viagem, me contou que era gay... disse que estava apaixonado pelo Carlos, mas que o Carlos já tinha outro... você nunca desconfiou, Irene? Meu Deus, como somos cegas!

Irene faz uma cara de surpresa, a Tetê dá um sorriso irônico e emenda:

– É claro que ele nunca te disse nada, você mesma disse que teve que perguntar. E depois de saber, nunca associou que algum dos outros rapazes também poderia ser gay? Afinal iam tanto ao cinema juntos, depois as viagens... pensando bem, as meninas, tão amigas dos rapazes, acabaram servindo de escudo. Me impressiona como não sabemos de nada da intimidade de nossos filhos.

Sandra faz um sinal com a mão enquanto deixava o copo sobre a mesa, era um sinal de que iria falar:

– Ora Tetê, nós também quando jovens não confessávamos segredos aos nossos pais, todos temos nossos segredos. Somente alguma coisa nós partilhamos com nossas mães. Na verdade, temos repetido modelos aprendidos, em que as mães trocam, conversam com as filhas e os pais prezam autoridade e respeito... acabamos esquecendo dos filhos, porque deixamos para os pais... que não querem ou têm medo de intimidades. Pelo menos, é o que percebo de nossos maridos.

Tetê falou séria:

– Pois bem, o que me está preocupando não é o fato do meu filho ser gay. Como vocês sabem, coração de mãe não se engana, a gente pode até não saber, mas o coração... bem, o que me preocupa agora é o Jonas estar nos Estados Unidos. Ele está na Califórnia, o foco dessa nova doença que estão chamando de AIDS...

Tetê está realmente preocupada e não controla as lágrimas. As amigas se levantam para confortá-la. Abraços coletivos, beijinhos e muitos "chora não".

Irene não se manifesta à fala da Tetê, mas alfineta a Lena:

– E então, Lena, não me diga que você também nunca desconfiou da amizade entre o Lucas e o Beto. Vocês sabem como a Ana é discreta, mas ela já tinha comentado comigo que achava muito íntima a amizade dos dois, me pediu discrição e eu nunca toquei no assunto aqui no grupo. Ela até me contou que achou maconha na gaveta de meias e cuecas do Beto...

Lena posa de moderna:

– Ora, Irene, você acha que eu não sabia que o Lucas fumava maconha? Ele e a turma toda. Quando se reuniam na sala de som lá de casa ficava um cheiro danado. Mas o pai dizia que era coisa de jovens, que melhor fumarem maconha em casa do que ficarem de vadiagem por aí...

Sandra dá uma risada gostosa:

– Todas nós sabemos que nossos filhos e filhas fumam maconha, lá em casa é liberado, o Valter não liga, contanto que não abandonem as responsabilidades com os estudos. Eu mesma já experimentei em Salvador quando mocinha – outro sorriso de Sandra –, mas Lena, acho que não é de maconha que estamos falando e sim da sexualidade dos filhos...

E Lena responde meio agressiva:

– A sexualidade do Lucas é dele como a minha é minha, eu não sei de nada... esse assunto não é fácil para mim e acho que concordo com o Maurício, aceito mais fácil um filho maconheiro do que um filho maricas...

Irene dá uma cortada em Lena:

– Que coisa triste isso de maricas, Lena! Maricas, veado, bicha... que nomes fortes! Ouvimos a vida toda essas coisas e, na verdade, não queríamos entender. Acho que agora essa palavra gay é mais condizente. Sabem o que quer dizer gay em inglês? O André me disse que significa alegre, pessoas alegres, felizes... bonito, né?

– Pois é Lena, o perigo é descobrir por trás da fumaça da maconha quem realmente seu filho é – diz a Tetê.

Cláudio, o garçom, se aproxima e elas param um pouco a conversa. Cláudio pergunta se querem mais uma rodada de gim-tônica e todas concordam.

– Para mim vai ser a última rodada – diz a Lena.

Irene aproveita para retomar a conversa:

– Sabe Lena, nosso modelo de casamento deixou a nós, mulheres, toda a responsabilidade na criação dos filhos, enquanto nossos maridos, para sustentar nosso padrão, vinham para casa descansar, comer e nos levar para viajar nas férias. No máximo, se interessavam em saber das notas dos filhos e repetidas vezes se ausentavam em viagens de trabalho ou de negócios. Não é só o Maurício que prefere um filho maconheiro, todos os nossos maridos prefeririam... será que nós também não? O problema é que se os maridos ficam sabendo que um filho é gay põem logo a culpa em quem? Em nós, as mães. A Ana está arrasada, quando o Beto foi diagnosticado com pneumonia, sentiu o peso da viuvez e de ter que arcar com tudo sozinha. A Sandra me contou que quando o médico disse que não poderiam descartar uma doença causada por imunodeficiência a Ana quase desmaiou na frente do Beto, o que só fez piorar as coisas. E isso tudo antes de saberem o resultado dos exames...

A Lena fica pálida e o Cláudio se aproxima com as bebidas. Ela nem espera ser servida, já pega logo o copo da bandeja, completa com a tônica que ainda resta na garrafa antiga e bebe um gole, enquanto o Cláudio recolhe a garrafa velha e coloca uma nova e gelada sobre a mesa. Em seguida, Lena fala demonstrando insegurança:

– Irene, você e a Tetê querem me deixar nervosa. Eu vejo na televisão que esse negócio de AIDS está lá nos Estados Unidos... o Lucas está quase se formando, é o orgulho do pai... e vocês querendo colocar minhoca na minha cabeça... se o Lucas e o Beto eram amigos, isso foi há um tempo, já tem uns meses que o Beto não aparece lá em casa e não telefona. Até ouvi o Lucas falando ao telefone com uma amiga, uma tal de Lucinha...

Cláudio, depois de servir as bebidas, pede licença e sai.

– A pior cega é aquela que não quer ver... ou se vê, quer ocultar – murmura a Tetê.

– Sabe – diz Irene –, não podemos fechar os olhos. Acho que assim como eu, vocês também nunca conversaram abertamente com os filhos sobre essas coisas. Lembro dos meninos brincando, dormindo um na casa do outro, da escolha dos mesmos esportes, de irem às domingueiras juntos e até das preferências entre eles. Por exemplo, sempre soubemos que o Beto e o Lucas eram mais amigos, assim como o Carlos e o Jonas. Achávamos que era pela idade... e quando o Beto e o Lucas apareceram aqui no clube com o corpo depilado? Ficamos todas assustadas, mas nos deixamos envolver pelo elogio das meninas, como se fosse uma moda entre eles...

Essa lembrança toca as amigas. Novo momento de silêncio e de sorver um gole do gim-tônica, abrindo espaço para a Tetê comentar:

– Sem esquecer das noitadas em bares e discotecas, além das viagens depois que ganharam carro. Eu, depois que soube da opção do Jonas, procurei me informar...

Tetê sorri e comenta, após uma pequena pausa:

– Engraçado nós nunca termos comentado nada desse assunto antes e estarmos falando disso somente agora com a notícia do Beto.

Irene retoma a conversa:

– Eu também passei a me informar mais. Tenho uma amiga no prédio que também tem um filho gay, a Teresa, e a gente troca figurinha de vez em quando. Outro dia ela encheu meu ouvido com essa coisa de ativo e passivo, inclusive por causa dessa doença aí. Ai meu Deus, daí para frente passei a ficar curiosa... um dia perguntei para o Carlos e sabe o que ele me respondeu? Me perguntou seu eu era passiva ou ativa! Que horror, fiquei roxa!

Todas riem denotando certo nervoso cômico.

– E o que você respondeu? – pergunta a Lena.

– Eu disse a ele que parasse de brincar comigo, que eu era sua mãe. Ora, usei da minha autoridade... e ele ficou rindo. Acabei rindo também. O que me incomoda nisso de homossexualismo é a facilidade de trocar de parceiro... o jeito como lidam com o amor me deixa apreensiva. Como mãe, eu me preocupo, pois o que mais quero é a felicidade do meu filho. Além disso, fico maluca com o risco da AIDS... gostaria de ver meu filho feliz ao lado de alguém.

– O Carlito sabe que você pensa assim? – pergunta a Lena.

– O Carlito não se interessa muito por esses assuntos, acho que ele pensa igual ao Maurício – responde Irene.

A Tetê volta a interceder:

– Irene, você realmente gosta da rotina do seu casamento? Nossos pais viviam num silêncio em relação ao sexo, e as mulheres pouco demonstravam insatisfação, no máximo, tristeza e religiosidade para poder suportar o que nossas mães chamavam de cruz. Nossa geração foi diferente e nossos filhos vivenciaram discussões e desentendimentos entre marido e mulher mais do que nós. Acho que não gostaram do que viram, como nós não gostamos do que não vimos. Eu me separei do Nelson, porque nossa relação não tinha mais sentido nem para ele nem para mim. Nem por isso acho que consegui romper a barreira da comunicação sobre sexo e satisfação com meus filhos...

– O Lucas é meu único filho, sempre foi meu xodozinho e só de pensar numa coisa tão ruim como essa AIDS eu fico nervosa – diz a Lena repentinamente.

– Nervosa por quê, se o seu filho é só maconheiro? – pergunta irônica a Tetê.

– Ai Tetê, você fica me cutucando... depois de três rodadas de gim acho que estamos um pouco altas e corremos o risco de falar bobagem.

– Que bobagem você gostaria de falar? – volta a cutucar a Tetê.

– Somos amigas e precisamos uma da outra, estamos confidenciando coisas que precisam nos unir e não nos separar para sabermos como vamos lidar com isso tudo. Ainda somos relativamente jovens e nossos filhos no começo da vida... temos que nos apoiar para lidarmos com o que vem pela frente – fala acanhadamente a Lena e, depois de uma pequena pausa, continua –, eu fico nervosa, sim, porque não sou cega e sempre achei a amizade do Lucas com o Beto um tanto estranha, mas não é só isso. Vou contar uma coisa que espero total discrição de vocês. Uma vez encontrei debaixo do colchão do Lucas umas revistas pornográficas de homens nus e fiquei horrorizada e um medo tremendo tomou conta de mim, medo do Maurício vir a saber e tomar uma atitude violenta.

Faz-se um silêncio de cumplicidade entre as amigas. Bebem mais um gole do gim-tônica e Sandra toma a palavra:

– O Maurício é cego ou o quê? Vocês lembram do Marcelo, amigo dele? Um solteirão bonitão que veio uma vez aqui no clube conosco? Não vou dizer que sim, mas solteirão é coisa do passado. O seu Tio Léo, Lena, outro solteirão carola que você nos apresentou numa festa de aniversário? Solteirão para mim é homem que não se atrai por mulher e acho que não deve ter sido fácil para eles, foram reprimidos e muitos devem ter tido uma vida de subterfúgios... não condeno a liberdade que os gays buscam ter hoje em dia... sexo e afeto andam juntos...

– Eu estou chocada com vocês, com essa facilidade em falar desse assunto – rebate a Lena –, só falta agora saber que o André e o Breno também são gays – fala sarcasticamente.

Sandra se lança logo para responder à amiga:

– Ora, Lena, não seja ridícula, você conhece a Nanda, namorada do André há uns dois anos. Já o Breno, esse é cabeça fresca, é o mais liberado lá de casa, muito amigo dos meninos, mas gosta mesmo é de mulher. Mas, não vamos mudar de assunto, porque já estamos quase na hora de irmos e estamos preocupadas com a Ana lidando com essa situação complicada do Beto.

– Preocupadas com a Ana e com nossos filhos também – diz Irene.

– Proponho que façamos um revezamento de visitas ao Beto para podermos ficar mais perto da Ana e estarmos disponíveis se ela precisar – diz a Tetê, sempre procurando ser mais objetiva –, seja qual for o diagnóstico do Beto, o importante é que o assunto nos alertou para nossa vida, para como precisamos encarar as coisas verdadeiramente, pois não sabemos o que vai ser daqui para frente com essa nova doença.

– Daqui em diante teremos que amaciar nossos maridos, esses machões cegos da peste – diz Irene com um largo sorriso.

Nisso, o Cláudio se aproxima para perguntar se querem alguma coisa. As luzes do jardim começam a acender. Lena pede a conta.

Um encontro de amigas de duas horas não esgota nenhum assunto. Ao contrário, suscita novos assuntos e abordagens. Via de regra, pedir a conta é como servir o cafezinho para visita. Todas buscam suas bolsas que repousam na cadeira. Cláudio volta e entrega a conta à Lena que lê e diz:

– Duzentos mil cruzeiros para cada.

– Nossa, que loucura de zeros, não sei onde vamos parar com essa inflação – comenta Sandra.

Irene questiona se a gorjeta do Cláudio está incluída.

– Como vai o seu Beto? – pergunta o Cláudio, demonstrando certa preocupação –, não pude deixar de ouvir as senhoras comentando.

– Ele está bem, Cláudio, logo melhora e vem aqui ao clube. Obrigada por perguntar – disse a Lena.

Cláudio se afasta e todas olham para Lena.

– Lena, sejamos discretas, mas não mentirosas. O rapaz nos ouviu falando de hospital e você fala como se fosse uma gripezinha – diz a Tetê.

– Você de novo me colocando na berlinda.

Lena fecha a bolsa e levanta-se. Todas acompanham seu movimento.

– Continuamos em contato pelo telefone. Amanhã mesmo podemos ligar pra Ana e perguntar se podemos fazer uma visita ao Beto – sugere Irene.

– Vou passar no toalete antes de sair – diz a Lena.

– Vamos todas com você – atalha Sandra.

– Concordo em mantermos contato por telefone, mas acho melhor, como sugeri, fazermos um rodízio para não perturbar tanto o Beto quanto a Ana – reforça Tetê.

– Vou falar com ela e depois comunico a vocês o que ela acha melhor. Acho mais correto – diz a Sandra, a mais chegada em Ana.

Todas concordam e, enquanto se dirigem ao toalete, Lena solta um suspiro e diz:

– Ai meu Deus, o que será de nós!?

O caso do nem tão pequeno Hans

Ao Márcio Rolo, quem primeiro me falou de Hans.

"A memória pode ser escondida,
mas a história não pode ser mudada."
HARUKI MURAKAMI

"Quem não se lembra de onde vem,
jamais saberá ao certo
para onde está indo."
BINJAMIN WILKOMIRSKI

Aos doze anos Hans sonhou que voava e ejaculou na cueca. Acordou sentindo latejar o pau e uma satisfação que o incomodou. Sonhou que voava na companhia de Evandro e gozou quando ele segurou sua mão em pleno voo. Constrangido, levantou-se. Tirou a cueca suja e com ela terminou de limpar-se. Por sorte não sujou o lençol. Quando Hans completou vinte anos ainda era virgem, gostava de nadar e jogar vôlei, mas tinha medo de não conseguir ter ereção junto a uma mulher. Foi quando, na sauna do clube, um sujeito encostou propositadamente a perna nua na sua perna e, pela primeira vez, sentiu uma ereção seguida de forte taquicardia.

Aos vinte e cinco anos, após o término de uma relação com outro rapaz, Hans me procurou. Se sentiu rejeitado. Passou a ter um pensamento circular, repetido, em que reconstruía um diálogo sem rumo com o antigo companheiro, num redemoinho monomaníaco de ideias que lembrava o personagem da Enfermaria nº 6 de Tchekhov. Precisava de ajuda e alguém me indicou. No primeiro encontro, Hans conversou sobre essa angústia que o machucava e desmotivava. Era necessário trabalharmos.

O passado é um vasto território onde as paisagens se misturam desfocando nossas lembranças. Certas memórias são como aqueles peixes que vivem no fundo do mar, é preciso mergulhar fundo para perscrutá-los. Arriscar-se nesse território, onde o bem e o mal se fundem, requer coragem e disposição, não é uma região casta nem disponível para incautos e, rastreá-la requer determinação e vontade. Acredita-se que a consciência reprime a memória como mecanismo de defesa. É preciso tateá-la para romper seus limites. Em algum momento temos que nos defrontar com nossa verdade.

No decorrer de nossos encontros, já tendo desafogado dores recentes da separação, Hans começou a se defrontar com lembranças antigas que o fizeram buscar sentimentos adormecidos. Como disse Proust, "à lembrança desses sentimentos, percebemos que só estão em nós mesmos e é em nós que cumpre entrar para contemplá-los". Hans trazia memórias confusas e dores envolvendo o sentido da mãe. A consciência daquela mãe, despertando certo desconforto, era o primeiro desvio na trilha ao passado de Hans que apontava para algum sentimento velado naquele coração. No mundo e na vida não há estradas retas, muitas são as curvas, subidas, descidas, esquinas e desvios.

Numa de suas lembranças, Hans buscou uma fotografia em preto e branco na qual se reconhecia bebê no colo da mãe. Ela era jovem e estava sentada numa poltrona com um vestido claro e decote em v, os braços roliços e os seios fartos, o cabelo nem curto nem comprido, repartido por um redemoinho a direita da testa. Era visível um sorriso de felicidade naquela mulher. Era uma fotografia que suscitava nele a sensação forte de segurança na presença materna, sentida por ele na foto com a progenitora em sua plenitude, a *Pacha Mama*, que o trouxe ao mundo e amamentou a ele e seus outros irmãos. Mas ao relatar a fotografia, surgia em Hans uma dúvida em relação ao que chamava mais sua atenção: a sensação da segurança no colo da mãe ou seu sorriso de felicidade? Estaria sua necessidade de segurança ligada à felicidade de sua mãe? Incentivei-o a continuar trabalhando nessa linha.

Como diziam os antigos, um fio puxado pode desfazer uma meada. A consciência dos seios da progenitora, ao descrever a fotografia, abriu uma porta para que Hans recordasse de outra cena acontecida aos oito anos de idade quando, voltando da escola, surpreendeu a mãe amamentando o irmão caçula e que do seu peito grande saía um cheiro adocicado de leite. A percepção do olfato trouxe à tona vestígios de outros perfumes e diáfanas imagens em que Hans reconheceu a mãe idílica, primeva, anterior aos seus seis anos de idade. A reminiscência do cheiro e da textura da pele da mãe fez emergir o sentido do que para ele representava aconchego e segurança. A mãe era a pessoa mais linda do universo, o próprio universo, e Hans chorou.

Para Hegel, a recordação é uma viagem interior que recupera uma compreensão e permite a possibilidade de reconciliação entre sujeito e objeto. Para Lacan, certas lembranças podem bloquear o caminho ao inconsciente, mas são as palavras que criam o significado das coisas. Portanto, incentivei Hans a seguir e foi quando resolveu contar um caso que para ele era uma lembrança marcante e recorrente, vivenciada aos cinco para seis anos de idade:

Evandro gritou meu nome do portão. Apressei-me em responder e ele chamou para ir brincar no largo. Lá estavam Miguel, André e Carlinhos. Miguel tinha um caminhão novo de plástico e brincamos empurrando-o de um para o outro. Evandro lembrou que na outra viela tinha uma obra e na sua frente um monte de areia. Fomos os cinco ao monte e ficamos brincando do lado oposto à obra, mais distante de onde os trabalhadores vinham pegar a areia. No pedaço ocupado de areia fizemos uma estrada e um túnel para o caminhão. A areia entrava no sapato, na roupa e colava na pele suada.

De repente, o movimento da obra parou. Evandro, que era o maior entre nós, percebeu e, baixinho, como conspirando, deu a ideia de entrarmos na construção. A maneira como ele falou (entrar e sair sem sermos vistos) despertou nossa fantasia de aventura e do proibido. Evandro foi até a entrada da obra e espiou lá para dentro, viu que os operários se preparavam para almoçar, voltou-se para nós, todos parados olhando para ele, e nos chamou com um sinal de mão. Vamos!

Era um sobrado em edificação na metade do terreno, onde, ao fundo, havia um pequeno quintal com algumas bananeiras. Os trabalhadores se acomodavam naquele fundo em torno de um fogão a lenha improvisado para esquentarem suas marmitas. Entramos caminhando na ponta dos pés, um segurando na camisa do outro. Evandro ia na frente e a todo momento se voltava e fazia sinal de silêncio com o dedo indicador sobre os lábios.

Havia uma escada para o segundo andar e o Evandro apontou para cima sinalizando para subirmos. Aquilo dava um frenesi. Nunca vou esquecer aquela sensação de medo que nos fazia querer rir, empurrando um contra o outro. Despertou em mim uma sensação nunca antes vivenciada, um misto de alegria com o medo de ser pego naquela diversão escondida.

Nós, os menores, ríamos baixinho de nervoso em meio a tijolos e materiais de construção. Eu não tinha consciência do que estávamos fazendo ali. O medo vinha com vontade de urinar. Súbito, Evandro tirou o pinto para fora e começou a mijar dentro de um balde vazio. Enquanto mijava olhou para o grupo como quem diz: vamos! André foi o primeiro a também fazer xixi no balde, seguido por Miguel. Eu e Carlinhos ficamos olhando e Evandro perguntou se íamos ficar ali parados, então, nós também tiramos nossos pintos para fora e urinamos junto com os maiores. Em seguida, Evandro baixou a calça e deixou a bunda de fora e, nós todos, rindo de nervoso, também baixamos nossas calças. Depois de muito riso e exibição de bundas, Miguel sugeriu esfregarmos nossas bundas umas nas outras, o que aproximou nossos corpos naquele esfrega-esfrega infantil. O contato de nossas bundas juntas proporcionava-me enorme prazer em meio àquela atmosfera misteriosa e secreta cheirando suor de meninos e madeira queimada no fogão dos operários, tudo misturado ao odor da seiva das bananeiras.

Repentinamente, um grito de mulher: Hans! No meio da viela, minha mãe gritava meu nome. O grito chamou atenção dos trabalhadores da obra. Nós cinco, no susto, levantamos nossas calças ao mesmo tempo, imediatamente quando dois peões chegavam e perguntavam o que estávamos fazendo. Brincando, dissemos e descemos correndo as escadas. Minha mãe, junto ao caminhãozinho do Miguel, também perguntava o que estávamos fazendo. Ela disse que eu havia sumido e que estava preocupada, que me procurou no largo, que meu pai já havia chegado para almoçar e, puxando minha orelha, foi me levando até a esquina do largo, quando me soltei e corri para casa. Os outros garotos já tinham todos se despachado para suas casas. Não preciso dizer que fiquei de castigo no quarto a tarde toda.

O que vocês estavam fazendo? Perguntaram os peões e a mãe. Agora no quarto eu me perguntava o que estávamos fazendo, e para mim era uma brincadeira. Mas o castigo e a lembrança da inquietação causada pelo receio de sermos descobertos davam uma sensação de que havia algo de errado naquele jogo infantil.

Alguns dias depois, minha mãe levou a mim e minha irmã na feira de rua do bairro. Em meio àquela confusão de gente, de repente, minha mãe deu pelo desaparecimento da minha irmã. Eu nunca havia visto um desespero como aquele. Primeiro ela disse para eu ficar em frente à barraca de frutas e saiu gritando minha irmã, ela não conseguia ir muito além de onde eu estava e chorava muito. Algumas pessoas começaram a ajudar a procurar e minha mãe veio e me abraçou chorando nervosamente. Eu me lembrei de quando ela me buscou na obra e ficou brava dizendo que tinha estado preocupada pelo meu sumiço. Subitamente, vi, entre as pernas dos adultos, minha irmã sentada no meio-fio da rua. Foi um alívio e minha mãe agora abraçava minha irmã e a mim dizendo: vamos para casa! Até então eu não tinha sido tocado pelo choro da minha mãe, que passou a significar para mim a dor e o sofrimento daquela que eu tanto amava. As mães não deviam chorar, porque faz doer dentro da gente e eu não queria que algo que eu fizesse levasse minha mãe ao choro. Mas, quando eu não estava pensando no choro da minha mãe, muitas vezes eu me lembrava daquela brincadeira gostosa que a gente tinha feito escondido.

Hans carregava a lembrança do choro da mãe. Um choro que ele não gostava porque era como se ela estivesse sofrendo e isso doía nele, era o oposto da mãe sorridente da fotografia. Não querer ver a mãe chorar e sofrer, acabou levando-o a se preocupar em agradá-la. Parece que ela gostava dessas demonstrações de agrado e essa consonância se estabeleceu como fato na relação dos dois.

Segundo Lacan, ao se imaginar rejeitada pela mãe, cria-se na criança uma angústia e um conflito neurótico. No caso de Hans, a angústia de ser rejeitado por brincar escondido com os amigos, em algo que depois ele relacionaria com o sexo, gerou nele o medo de ver a mãe triste. Mais tarde, se angustiava na tristeza emanada por episódios externos à relação dos dois sem que ele identificasse a fonte. Querer agradar a mãe passou a ser o meio utilizado para instaurar uma nova ordem na sua relação, reequilibrando seu lugar no mundo. Mas, o medo da recusa do amor da mãe não ofuscava sua libido e desejo real. Hans buscou outra posição amortecedora desse desejo edípico na satisfação sentida por seu imaginário pervertido no rastreio de uma relação com outro objeto.

Evandro morava bem em frente à casa de Hans e, depois do episódio da obra, sua mãe fazia questão de dizer que não gostava do menino. Arranjava diversos defeitos dizendo que era um menino sem educação, mas quanto mais colocava defeitos em Evandro, mais Hans pensava nele. A partir daí, a mãe criticaria de maneira semelhante todos os seus amigos mais próximos. Hans se lembrava que nessa época tinha um sonho recorrente: que voava! Sua casa tinha um corredor lateral bastante estreito e ele brincava de escalar as paredes, colocando um pé de cada lado do corredor, ajudando com as mãos. Diversas vezes sonhava que começava a subir as paredes e lá do alto continuava subindo como que pelo espaço, voando; outras vezes sonhava que começava a se levantar na ponta dos pés e a movimentar os braços como asas e subia aos céus a voar livremente. Voar era bom, prazeroso, mas quando, aos doze anos, gozou ao dar a mão a Evandro, durante um voo onírico, fez um pouso forçado no campo da culpa.

* * *

Uma experiência de perda foi o motivo pelo qual Hans me procurou. A negação dessa experiência não se prolongou como mecanismo de defesa à medida que nosso trabalho avançou. Ao procurar ajuda, Hans também se propôs a buscar a dimensão ontológica da dor provocada por aquela separação.

Traduzir experiências de vida em palavras não é simples, é um desafio. Para mim o desafio se colocava em administrar as escolhas de Hans pelas palavras e tentar captar o que escapava pelas suas frestas. A mistura de fatos e lembranças recorrentes, trazidas à baila mais facilmente, acabou dando a ele uma falsa necessidade de procurar uma história lógica e coerente, um sentido que pudesse explicar, dar significado e atenuar seus ímpetos neuróticos adultos, fosse sua postura frente à sexualidade ou à capacidade de amar. Rememorando sua experiência infantil de prazer e desgosto associado à figura materna, Hans começou a experimentar o que Deleuze reconhecia no contrato masoquista: o sentido conferido pelo significado do poder simbólico da imagem da mãe.

Aprendi que a mãe, inerente a um processo complexo de castração, tem relação com a sexualidade no desenvolvimento libidinal da criança em torno da presença ou ausência do falo, no sentido simbólico e psicanalítico. Os relatos de Hans em relação ao pai eram inconsistentes no sentido de sua presença real na transposição do falo imaginário ao falo simbólico durante a travessia edipiana de Hans. Em contraposição, o pai que mais espaço tomava nas lembranças de Hans era a do pai colérico, cujo imaginário se extravasava na raiva pelos episódios de castigos e coças, que, em vez de relativizar, mais contribuía para que Hans retomasse a posse do jogo com a mãe. De alguma forma, Hans associava o início dos castigos impetrados pelo pai ao período posterior ao episódio da brincadeira com os amigos na obra da vila em que morava, colaborando, talvez, na associação que fazia com a culpa em relação a esfera do prazer no fazer "coisas erradas".

O episódio de polução noturna aos doze anos deu impulso à imaginação durante a punheta que Hans já tinha por hábito durante o banho. Ao experimentar tamanho prazer ao gozar, Hans vivenciou forte sensação de culpa acompanhada por uma fantasia de punição com a possibilidade de adoecimento ou morte da mãe, ou quando menos, de tirar nota baixa nos testes escolares. Se Hans, na época, tivesse lido Deleuze iria poder entender que a angústia masoquista assume a dupla determinação de esperar o prazer sabendo que em seguida sentirá a dor, a culpa pelo que aconteceu.

Freud dizia que a angústia é algo sem objeto e que antecede ao medo. Durante meus encontros com Hans procurei inicialmente ajudar-lhe a conscientizar-se de que sua inquietude em relação à separação do namorado poderia ter motivações anteriores. Como vimos, aos cinco anos de idade, a onipotência da mãe toda poderosa exerceu forte influência no plano do desejo simbólico da criança. O que Hans conta como primeira experiência efetiva da descoberta do falo real junto com outros meninos é importante na reconstituição da sua história. Se as roupas existem para esconder o que se tem, o relato de Hans desvela um fato que, ao mesmo tempo, mostra e vê.

Hans mostra o seu falo e vê o de seus amigos como objetos reais. A satisfação de potência e prazer neste ato, provavelmente, influiu na substituição do falo simbólico anteriormente escondido pelo falo real. Entretanto, esse processo é interrompido pela presença não visível e inesperada da mãe, o que cria uma cisão imaginária que separa o espaço da mãe do espaço dos outros, gerando em Hans um sentimento de angústia. Mais tarde, com o episódio do choro da mãe durante o sumiço da irmã na feira, Hans passou a ter medo de que se ele próprio se perdesse, ou fizesse alguma coisa, causasse tristeza e dor em sua mãe. E, para evitar o objeto daquele medo, ou seja, a tristeza da mãe, Hans encontrou uma solução: agradar a mãe evitando a separação e assim o choro.

O que significaria essa perspectiva? Parece que Hans experimentou simultaneamente duas coisas. Primeiro, bloqueio na expressão de um sentimento de raiva por ela ter interrompido um momento de prazer, mas que a deixava triste. Segundo, ao causar a ela tristeza, arriscaria a possibilidade de uma separação, de uma rejeição pela mãe. Essa possibilidade de rejeição, que o colocaria fora de jogo, sem função e, portanto, não sendo mais nada, é que gerou em Hans o sentimento de medo.

Depois de alguns anos e muito trabalho nas questões da mãe, das manifestações masoquistas e das situações que geravam sentimento de ansiedade e sentimento de medo, Hans percebeu como as coisas separadas eram interligadas. Em nossos últimos encontros, o próprio Hans percebeu a recorrência desses sentimentos em suas relações mais contemporâneas e como isso o afetava ao lidar com desejo, sexo e amor. Quase adivinhando que Hans abandonaria nossos encontros semanais, citei uma frase de Phillip Roth, "por mais que você saiba, por mais que você pense, por mais que você planeje, projete e conspire, você não é superior ao sexo [...] sexo não é só atrito e diversão superficial, é também a maneira como nos vingamos da morte".

⋆ ⋆ ⋆

Comecei a me cansar da terapia porque eu repetia muito meu discurso e achava aquilo uma chatice. Todos aqueles anos de análise tinham sido importantes para meu autoconhecimento, para dar sentido e atenuar o sentimento de culpa em relação ao prazer. Me sentia mais livre em relação ao sexo e à minha homossexualidade, aos aspectos masoquistas e sádicos do desejo, o que melhorou muito minha vida do ponto de vista sexual e até mesmo minha performance profissional. À medida que conseguia tirar mais prazer daquilo que fazia, minhas relações pessoais de trabalho também melhoraram. Entretanto, após tanto tempo, as coisas não seguiam uma trajetória linear e volta e meia, na terapia, ao tratar de assuntos mais atuais, sempre voltava na questão da mãe, da relação com o pai, da infância e dos primeiros desejos sexuais. Entendia que esses acontecimentos eram a minha vida e nunca se apagariam, mas seriam sempre um ponto de referência para minhas angústias e, portanto, para minhas reflexões. Acontece que me sentia um tanto cansado de, no espaço terapêutico, voltar a discussão do plano simbólico daquilo que para mim seria sempre minha própria vida.

Numa das últimas semanas de terapia, uma tarde ao sair do consultório do analista, resolvi parar no Café

Ânima, que ficava na mesma rua. Havia pouca gente e eu estava muito cansado. Sentei-me numa mesa próximo a outra onde dois senhores conversavam. Pedi um café machiatto e uma garrafinha de água mineral com gás. Ajeitei-me na cadeira e não pude deixar de me interessar pelos dois senhores na mesa ao lado, pela graça de suas aparências, pela maneira de vestir e pelo porte. O que parecia mais velho era magro, com uma barba grisalha bem aparada, cabelos bem penteados com brilhantina ou algo parecido e vestia um terno de lapelas largas e colete. Observei um anel e uma aliança no dedo anelar da mão direita, o que acrescia certo encanto ao seu ar professoral. O senhor mais jovem também era magro, tinha bastante cabelos grisalhos penteados para trás, óculos de aro fino num rosto escanhoado e marcado por um furo no queixo, vestia um paletó xadrez acastanhado sobre uma camisa branca. Parecia que os senhores compartilhavam gostos parecidos, talvez devido a uma amizade antiga, pois, além dos dois usarem gravata borboleta e fumar charuto, percebi que tomavam café frappé acompanhado de água Evian.

A atmosfera daquela cena vespertina, num café no centro da cidade, chamou a minha atenção. Dava para ouvir trechos da conversa e, mesmo que não quisesse, o diálogo dos dois ia ficando cada vez mais audível e interessante. Foi quando escutei um deles dizer:

– Sabe Jacques, a vida, tal como conhecemos, é cheia de sofrimento e decepções, as satisfações com as quais procuramos substituir tais sentimentos são ilusões frente a realidade desse mundo.

A partir daí não pude mais deixar de ouvir.

– Mas Sig – disse o outro – lembro-me de outra conversa em que havíamos concordado que essa tensão entre o que se procura nas satisfações substitutas e o que se encontra na realidade advém de uma dialética na qual o que é procurado, que remete às primeiras satisfações infantis, acaba não sendo procurado da mesma forma daquilo que será encontrado. Ou seja, o elo perdido entre as primeiras satisfações e o objeto de prazer procurado está no objeto reencontrado. E que este objeto reencontrado se liga à memória inconsciente da primeira dor, aquela da separação do seio materno.

Ajeitei-me na cadeira. Era como se meu processo de análise estivesse sendo apresentado por aqueles dois desconhecidos tomando café frappé. Lembrei-me de como a terapia tinha ampliado minha dimensão de gozo, de prazer. Teria sido um reencontro com minhas primeiras sensações? Seria o reconhecimento de que meu gozo era diretamente proporcional ao desejo do outro por mim? Lembrei-me também da descoberta do prazer sexual que sentia no mamilo e sorri pela referência do Jacques ao seio materno. Sorrindo sutilmente, retomei a atenção na conversa alheia.

O Sr. Sig disse a Jacques:

– Eu tenho dito, e você é testemunha, que o princípio da realidade é que nos capacita na defesa em relação a situações de desprazer e que certos sofrimentos se mostram inseparáveis do ego, do eu, por ter sua origem no interior das pessoas. Lembra como o caso do pequeno Hans foi muito importante nos meus estudos para entender a importância da sexualidade infantil como força motivadora de diversos sintomas neuróticos na vida adulta?

A menção do caso do pequeno Hans quase me fez engasgar com meu machiatto. Estaria ficando maluco, tendo uma alucinação ou o quê? Tomei um gole de água e voltei a prestar atenção na conversa, envolta numa bruma misteriosa provocada pela fumaça dos charutos.

– Meu caro Sig, tenho me debruçado sobre tais forças motivadoras em sintomas neuróticos adultos e cada vez mais focado na relação do sujeito com o objeto. Foi você quem primeiro se certificou da ambiguidade fundamental dessa relação. Eu digo que o sujeito supõe no outro o objeto, e que, portanto, para chegar no outro, o sujeito se exibe. Como humanos somos animais culturais, usamos roupas para cobrir nosso corpo e para nos exibirmos precisamos abrir a roupa e tornar a fechá-la, ou seja, se não existe a roupa, falta uma dimensão no exibir ao outro e essa dinâmica faz parte da escalada da criança no caminho do narcisismo numa relação recíproca com a mãe em que ambos se exibem um ao outro.

Senti meu rosto esquentar e uma leve taquicardia. Estaria louco? De repente pensei que poderia ter entrado inadvertidamente num filme em vez de uma cena real, como aconteceu na *Rosa Púrpura do Cairo*, filme de Wood Allen. Como poderiam estar falando daquilo que tive que desenterrar dos meus próprios escombros? Era uma referência direta ao episódio que vivera aos cinco anos de idade em que eu e meus amigos personificamos uma cena de exibicionismo sexual infantil. Interessei-me mais ainda em ouvir onde ia dar aquela conversa.

– Digo, Jacques, que se a criança tem muita imaginação, o adulto tem muito preconceito. Deste modo, é no processo de análise que podemos perceber a discrepância entre o que se diz e o que se pensa, uma vez que o inconsciente pode estar por trás dos preconceitos. No caso do pequeno Hans percebemos como sua imaginação infantil interferia no que dizia devido a reservas quanto à sua relação com os pais, uma vez que nos parece que o primeiro traço do seu caso foi o interesse demonstrado pelo seu próprio pênis e o desejo de ver o pênis dos outros, o que motivou a intervenção de sua mãe.

Sorvi sofregamente um gole d'água e pedi mais um machiatto. A lembrança da intervenção de minha mãe na cena exibicionista da infância deixou-me pasmo e me fez suar as axilas.

– Sig, eu diria que além da discrepância entre o que se diz e o que se pensa está a discrepância entre essas duas e o que se sente. Por isso, concordo contigo sobre a importância das teorias infantis da sexualidade no desenvolvimento libidinal. Sabemos que o objeto imaginário do desejo materno é um ponto crucial na relação mãe-filho e, para mim, o caso do pequeno Hans parte do jogo entre ele e sua mãe.

Naquele momento, de súbito, levantei-me e pedi a conta. Aquela conversa me deixou perplexo, pois de certa maneira corroborava que o sucesso relativo da minha terapia se fez ao conscientizar-me da importância do jogo subjacente na relação entre mim e minha mãe. Mas já estava achando uma chatice isso de ficar ouvindo a conversa dos outros. Paguei a conta e saí. Pensando em tudo que passara na última hora, fui caminhando em direção à estação do metrô.

Durante anos atentei em fazer minha mãe menos triste. Vários foram os indícios que ela fazia comigo um jogo libidinoso. Quando saí de casa pela primeira vez, minha mãe se recusou a conhecer o apartamento que dividia com outros dois amigos e, aquela saída foi essencial para poder dar os primeiros passos e exercer minha liberdade e independência sexual. Outra coisa que fiquei pensando no metrô foi que uma vez, já morando sozinho definitivamente e, tendo por hábito telefonar à minha mãe todos os dias no mesmo horário, um dia me esqueci de ligar e o fiz numa hora fora do costume. Qual foi minha surpresa quando ela atendeu com uma voz "normal" e não reconheceu minha voz. Ou seja, era o hábito que fazia a monja! Entretanto, a prova definitiva de que o jogo entre mim e ela tinha uma relação com meu sentimento de angústia, foi quando já mais velho, ao ter de encarar a realidade de que minha mãe padecia de uma doença maligna e da perspectiva do fim do nosso relacionamento, tive a sensação de certo alívio, embora muito sofrido pela dor daquela perda enorme. Foi também a evidência do imenso amor que sentia por ela.

Ainda no metrô a caminho de casa fiquei me lembrando dos dois senhores no café e da coincidência do assunto da conversa. Será que isso aconteceu mesmo?

Jacques e Sig, um sonho estranho. Lembrei-me das palavras de Daniel, um personagem de Bernardo Carvalho, "só a lógica do ilógico pode trazer algum entendimento, alguma visão onde tudo se tornou cegueira, fazer você enxergar por trás da cortina do sentido um outro sentido que possa dar conta da compreensão do mundo".

Eu poderia ter perguntado aos funcionários do Café se realmente havia dois senhores ali naquele dia ou se eu tivera somente uma visão, um tipo de delírio durante rápida sonolência. Poderia ter vivenciado um episódio de sinestesia, em que a projeção da imagem com audição pudesse ter brotado tanto do cansaço que a sessão de terapia havia causado quanto de minhas leituras recentes da obra daqueles dois autores. O certo é que o encontro no café me deu uma ideia que achei interessante para retomar meus ensaios literários e abordar o tema da minha relação com a mãe de uma maneira diferente, que me colocava dentro e fora da história ao mesmo tempo. Seria uma estratégia para me separar da personagem de uma vez por todas e dar com originalidade o tom ficcional da história.

Um caso diplomático

Quando Jean-Louis Gagneux desembarcou no Rio de Janeiro teve a sensação que chegava ao paraíso. Trilhava uma carreira diplomática brilhante e fora designado Terceiro Secretário na Embaixada da França em Brasília. Teve autorização para uma semana de férias, pretendia realizar um sonho antigo e passar esses dias na Cidade Maravilhosa antes de assumir suas funções. Cruzando indicações dos guias *Lonely Planet* e *Spartacus* hospedou-se no Hotel Sol de Ipanema, próximo da praia, de bares e boates da moda.

Jean-Louis era de Toulouse, mas vivera em Paris durante o preparatório para a carreira diplomática do Ministério dos Negócios Estrangeiros francês. Depois de passar quatro anos na sede do Ministério em Quai d'Orsay, e cumprir substituições temporárias em Abidjan e Jakarta, fora finalmente designado para assumir um cargo em Brasília. Com seus trinta e oito anos, um metro e oitenta de altura, setenta e nove quilos e cabelos castanhos bem cortados, Jean-Louis parecia um modelo da Vogue e gostava de talhar sua bela figura em exercícios físicos, uma boa alimentação, cremes e vitaminas que o ajudavam a manter o corpo, a pele e os cabelos saudáveis.

Foram cinco dias de sol indo à praia em frente à Rua Farme de Amoedo na Zona Sul da cidade. O final do verão no Rio tem dias fantásticos. Jean-Louis ficou fascinado não só com a natureza carioca, mas especialmente os belos rapazes morenos bronzeados e, sua alegria e disponibilidade com os estrangeiros, como os rapazes que conhecera em Puket, na Tailândia.

No primeiro dia de praia conheceu Diogo, um belo mulato de Marechal Hermes que trabalhava numa loja de CDs no Rio Sul em horário flexível. Jean-Louis gostou do rapaz e conquistou sua companhia para esses dias de descanso. Diogo malhava numa academia perto da sua casa e seu corpo bem-feito sustentava seus um metro e setenta e cinco centímetros ornado por um belo rosto de olhos amendoados, uma linda boca coroada por lábios fortes e cabelos pretos ondulados. Diogo gostava de praticar o inglês e com o que sabia se comunicava com Jean-Louis. Os dois se afeiçoaram e, o que parecia pegação fez-se uma companhia agradável. Se divertiram e percorreram diversos lugares gays badalados na cidade. Foram à quadra do Salgueiro, cuja atmosfera fascinou Jean-Louis.

Os dois se beneficiavam da convivência e Jean-Louis chegara a fantasiar a ideia de estar apaixonado. Os cinco dias passaram rapidamente e deu início a uma amizade. Trocaram e-mail, telefone e Diogo acompanhou Jean-Louis ao Aeroporto Santos Dumont no seu embarque para Brasília.

Um mês depois de assumir suas funções na Embaixada, Jean-Louis já tinha percebido outra realidade de um país longe do paraíso. Viver no Planalto Central não era a mesma coisa que no Rio de Janeiro. Com ajuda de colegas de trabalho conseguiu um apartamento no segundo andar do Bloco D da Super Quadra Norte 406 com vista para um pátio arborizado. No início usava os serviços de táxi, mas logo comprou um Peugeot 306 usado de um colega que tinha sido transferido para Lima, no Peru. Precisou de mais um mês para receber sua mudança e organizar o apartamento e, só então, pagou uma passagem de avião para que Diogo fosse visitá-lo e conhecer Brasília num final de semana.

Foram dois dias de lua de mel para Jean-Louis, que até o momento vivia discretamente na capital federal, fosse no ambiente de trabalho ou socialmente. A companhia de Diogo era uma alegria para ele, que fez com que afrouxasse seu voto de discrição. Partilhou a companhia do rapaz por shoppings, restaurantes e mesmo no Iate Clube de Brasília. Os convites para o clube foram oferecidos por Marie Claire, Secretária na Embaixada, que já vivia há cinco anos na capital e tinha um título de sócio temporário do clube.

Brasília goza de um horizonte escancarado onde o sol se levanta e morre pintando cores fortes no céu. Mais de trinta partidos políticos diferentes, movimentos sociais de diversos matizes, embaixadas, agências internacionais e milhares de lobistas agitam o caldeirão político nacional. Essa miríade de tribos diferentes rondam o poder e a cidade vive uma atmosfera pan-ótica onde os ouvidos procuram se antecipar aos fatos e os olhos procuram desvendar segredos. Tudo pode ser revertido em cacife político ou econômico (a ordem dos fatores não altera o produto).

Em retribuição à atenção de Diogo no Rio de Janeiro, Jean-Louis levou-o ao aeroporto de Brasília para seu embarque de volta. Naquela altura o sentimento entre eles era mais intenso. Tristes por se separarem, mas felizes por reforçar laços mais fortes de amizade, trocaram promessas de manterem contato frequente. Diogo voltou para Marechal Hermes e ao trabalho no Rio Sul e Jean-Louis para a SQN 406 e a rotina da Embaixada e da vida social de Brasília.

Durante seu primeiro ano de trabalho no Brasil, Jean-Louis foi ao Rio de Janeiro três vezes e Diogo foi ao Distrito Federal outras três vezes. Uma relação à distância com largos períodos de ausência física não acomodava promessas de fidelidade, mas os dois souberam cultivar um apego agradável de entendimento e lealdade. Com o tempo a amizade dos dois já era conhecida e, gostando ou não, Jean-Louis passou, aos olhos e bocas das selvagens candinhas da cidade, da categoria de bom partido para a de gay bonitão. Essa exposição deu margem a um revés na vida de Jean-Louis.

Convites para recepções sociais são sempre dirigidos a Embaixadores, mas em diversas ocasiões eles designam outros funcionários para representá-los. Oportunidades de eventos socioculturais nunca faltam entre diplomatas. E, numa cidade sem muita diversão como Brasília, esses eventos acabam sendo ocasiões para convivência social, principalmente de estrangeiros.

Em outubro daquele ano, ele fora convidado para a comemoração do Dia da Hispanidade na Embaixada Geral da Espanha. A recepção ocupava o imenso gramado aos fundos da embaixada onde o céu avermelhado do cerrado coroava uma tarde de primavera com temperatura agradabilíssima. Jean-Louis se sentia feliz, contagiado pela tarde e, estava elegante com recente corte de cabelo e barba, trajando um belo terno Armani cujo tom azul-marinho combinava com a gravata cinza--esverdeado sobre a camisa branca. Depois de servir-se de uma taça de champanhe fez uma rápida inspeção nas pessoas que se encontravam no jardim. Haviam pequenos grupos espalhados e num desses grupos, a menos de dez metros, observou que um rapaz se destacava em meio a quatro mulheres e que olhava diretamente para ele. Era um belo rapaz e, ao perceber-se olhado, deu um sorriso. Jean-Louis levantou a taça simulando um brinde, tomou um pouco de champanhe e retribuiu o sorriso.

Não demorou muito para que se aproximassem e, num inglês fluente, o rapaz se apresentou como Ricardo. Estava acompanhando a mãe, conhecida da embaixatriz por gerenciar uma loja de roupas femininas de grife no Centro Comercial Gilberto Salomão, no Lago Sul. Era uma das mulheres na roda em que estava anteriormente.

Ricardo era dono de um corpo androginamente longilíneo que se movia lentamente quando falava, como que acompanhando o langor da sua voz. Vestia uma camisa de linho branca com gola indiana sob um blazer texturizado cinza-claro, tinha cabelos lisos e castanhos cobrindo suas orelhas. O rosto escanhoado era belo. Sob uma testa larga se desenhavam olhos lânguidos e caramelos, um nariz harmônico e uma bela boca que se abria num sorriso tímido deixando mostrar dentes bem tratados. O jeito sedutor se aplicava também nos assuntos em que procurava se adequar: trabalho, estudos, viagens e cinema. Ricardo perguntou se Jean-Louis estava gostando de Brasília e, antes de qualquer resposta, disse que não gostava e preferia o Rio de Janeiro. Nesse ponto, os dois riram em cumplicidade e brindaram amistosamente. Jean-Louis pediu licença para se afastar porque fora chamado por Marie Claire numa pequena roda mais próxima à piscina.

A amiga perguntou quem era o rapaz com quem Jean-Louis conversava. Ele mostrou o pequeno grupo de mulheres para o qual Ricardo se dirigira para encontrar a mãe. Ela tomou um pouco de champanhe e disse discretamente que tinha tido no passado um mal-entendido com aquela mulher, a mãe do rapaz, devido a um problema na loja por ela gerenciada e que, desde então, não tinha muita simpatia pela tal. Marie Claire disse para ele tomar cuidado.

Recepções em embaixadas costumam ter hora de começar e terminar. Próximo das oito horas da noite muitos já haviam se retirado e Ricardo veio até Jean-Louis para apresentar sua mãe. Adalgisa era uma mulher bonita, alta, magra, cabelos escuros num coque à moda andaluza, muito elegante. Num inglês sofrível, procurou ser simpática ao cumprimentar Jean-Louis, agradeceu a atenção ao seu filho e fez votos de poderem se encontrar noutras ocasiões. Se afastou educadamente para Ricardo poder despedir-se. O rapaz aproximou-se para dar a mão a Jean-Louis e passou-lhe um pedaço de papel com seu nome e telefone celular e disse num jeito sedutor: me liga!

Uma semana depois, num sábado meio parado, Jean-Louis telefonou para Ricardo. Combinaram se encontrar no final da tarde num café do Setor Comercial Local Sul na quadra 107. Ricardo foi de táxi e Jean-Louis deixou seu carro no estacionamento da quadra adjacente. Ricardo se fez todo simpático e atraente chegando a encostar seu joelho no de Jean-Louis que respondeu afirmativamente com leve pressão. Pequenos gestos geram simpatia, esquentam a pele e alimentam vontades. Ricardo se mostrou confiante em movimentos mais diretos como deixar sua mão sobre a do outro procurando manter a tensão da atratividade. Jean-Louis se deixou levar pelo encanto de Ricardo e sugeriu irem até seu apartamento, o que foi afirmativamente respondido com um enorme sorriso.

Foram três encontros no período de um mês e meio. Perante a beleza e o distanciamento sedutor de Ricardo, Jean-Louis se deixava persuadir por um tipo de idealização erótica que o remetia muitas vezes a pensar na admiração que Aschenbach sentia por Tadzio em *Morte em Veneza*, de Thomas Mann. Ele se sentia desarmado frente o encanto e a atitude de Ricardo e, quando este se ia, ele se deixava levar pelo pensamento. Não sentia o mesmo tesão que sentia com Diogo, não com a mesma maturidade e reciprocidade, mas era tomado por uma atmosfera sedutora que poderia ser traduzida como um tesão narcísico. Era como se ele visse no rapaz o erotismo de uma beleza dissoluta.

O recesso de final do ano, na semana entre Natal e Ano Novo, Jean-Louis passou no Rio de Janeiro. Participou do almoço de Natal com a família de Diogo em Marechal Hermes e, como estava hospedado em Copacabana, passaram a noite de réveillon na praia, sem preocupação com trânsito e horário. A convivência agradável se consolidava num relacionamento de amizade com alto poder erótico, suscitando, ao mesmo tempo, cumplicidade e confiança.

Já de volta à Brasília, na segunda semana de janeiro, Jean-Louis recebe na embaixada um telefonema de Adalgisa, a mãe de Ricardo. Depois de se identificar ela diz que quer encontrá-lo reservadamente para tratar de assunto de seu interesse. Jean-Louis fica preocupado e pergunta se era algo relativo ao filho, ela responde que sim, mas que prefere conversar pessoalmente. Marcam um café para aquela mesma tarde no Setor Comercial Local Norte 406, próximo a casa dele.

Adalgisa já estava no Café à espera. Estava sentada numa mesa mais afastada. Se cumprimentaram e Jean-Louis logo percebeu naquela mulher elegante, de cabelos soltos e óculos escuros uma frieza glacial sob certa polidez ardilosa, nociva. Adalgisa colocou sobre a mesa os óculos escuros e buscou na bolsa um envelope pardo que também colocou sobre a mesa e no qual repousou sua mão direita aberta. Ela pendurou sua bolsa na lateral da cadeira e, quando a garçonete se aproximou, pediram dois cappuccinos. Adalgisa disse que iria ser direta.

– Eu sei da opção sexual do meu filho desde que ele tinha seus quinze anos, sempre nos demos muito bem, principalmente depois que me separei do pai dele. Sou capaz de fazer qualquer coisa por ele. Se o senhor não sabe, deveria saber, deveria ter se informado melhor. Meu filho ainda é menor de idade, fará dezoito anos somente em setembro, portanto, tinha recentes dezessete anos quando o senhor o conheceu.

Abriu o envelope e tirou de dentro duas cópias autenticadas, da certidão de nascimento e da identidade do filho, e deslizou-as delicadamente para Jean-Louis.

– O senhor deve estar ciente que no Brasil a prática sexual com menores é crime.

Jean-Louis teve um sobressalto, começou a suar, desatou o botão do colarinho e afrouxou a gravata exatamente quando a garçonete chegou com os dois cappuccinos e perguntou:

– Açúcar ou adoçante?

Ambos optaram pelo açúcar e a voz de Jean-Louis saiu hesitante:

– Mas... a senhora conhece seu filho, sabe que ele tem um físico e uma postura compatíveis com um rapaz maduro, eu não posso pedir identidade a todos que conheço. A senhora foi testemunha de que foi ele quem se aproximou de mim, que foi ele quem me passou o telefone e pediu para me comunicar...

Adalgisa deu abafadamente um simulacro de gargalhada.

– Senhor Gagneux, não me interessa discutir quem fez o quê, vamos aos fatos e, portanto... as fotos.

Abriu novamente o envelope e foi tirando, uma por uma, diversas fotografias que passava para ele: os dois no jardim da Embaixada da Espanha, no dia do primeiro encontro; os dois no Café da 107; uma foto naquele dia com Jean-Louis passando o braço nos ombros de Ricardo quando foram para o carro e outra em que trocaram um beijo antes de entrarem no carro; outra foto com os dois abraçados sem camisa na janela do apartamento de Jean-Louis; outra com os dois dentro do carro num dia que Jean-Louis deixou Ricardo perto de sua casa. Todas as fotos eram documentais, tinham data e hora. Ele estava atônito, procurando palavras. Tirou o paletó e sua camisa começava a molhar nas laterais. Adalgisa estava tranquila e com um leve sorriso disse:

– Quer mais? Tenho mais fotos. Lembre-se que foram três encontros. Tenho também algumas gravações.

– Gravações? – perguntou atordoado.

– Sim, imagina que às vezes o Ricardo, depois de falar comigo, deixava inadvertidamente o celular ligado...

Novo riso abafado, mas de quem se divertia. Jean-Louis ficou vermelho.

– Mas isso é uma chantagem!

Ele quase gritou. Ela puxou a comissura labial direita num arremedo de sorriso e mexeu levemente as mãos como para pedir que diminuísse o tom. Imediatamente ele viu que precisava se acalmar para entrar no jogo dela.

– Como você conseguiu essas fotos?

– Tenho um amigo que é detetive da polícia e faz algum servicinho por fora, as fotos da recepção na Embaixada da Espanha eu mesma tirei com meu celular.

Jean-Louis viu que não estava lidando com uma amadora da chantagem, que tinha que tomar cuidado com aquela mulher que parecia determinada a jogar duro. Precisava saber o que ela queria sem demonstrar desespero. A garçonete veio perguntar se queriam mais alguma coisa e ele pediu uma dose de conhaque enquanto ela pedia um café expresso. Quando a garçonete se afastou, ele perguntou:

– O que você quer?

– Eu quero vinte mil dólares ou vou abrir um processo contra você por corrupção de menores, o que pela lei brasileira pode dar até oito anos de cadeia. Imagina seu retrato nos jornais. Você já ouviu falar como são boas as condições no sistema penitenciário brasileiro?

Ela falou aquilo como que orgulhosa consigo mesma e Jean-Louis abanou a cabeça sem saber o que dizer justo quando a garçonete trouxe o pedido. Ele tomou o conhaque de uma só vez, respirou fundo e disse:

– Eu preciso de tempo, estou confuso e preciso pensar. Você deixa essas fotos comigo?

– Pode ficar, são cópias, tenho as originais. Te dou duas semanas para uma resposta.

Com isso, Adalgisa levantou-se, tamborilou com os dedos o envelope sobre a mesa, pegou sua bolsa e colocou os óculos escuros.

– Até logo, Jean-Louis. Pense com cuidado. Passar bem.

Ele ainda ficou sentado e chamou a garçonete para pedir mais um conhaque. Quando ela chegou, ele já havia colocado todas as fotos e fotocópias dentro do envelope. Só então deu-se conta de que Adalgisa saíra sem pagar. Pediu a conta, tomou novamente o conhaque de uma só vez, pagou e foi para casa.

Quando fechou a porta do apartamento, Jean-Louis sentou no sofá, colocou o envelope pardo na mesinha de centro e chorou. Se sentiu fragilizado, culpado por ter se deixado levar pela beleza de um jovem inconsequente. Sentiu raiva daquela mulher que parecia tirar proveito do comportamento do filho. Pensou muitas coisas, sentiu muito medo por estar num país que não era o seu e pelos riscos que corria no sentido legal e mesmo na perspectiva diplomática. Jean-Louis sempre fora um funcionário cumpridor de suas funções e com uma ficha limpa do ponto de vista ético, sabia que era querido no trabalho onde todos sabiam da sua condição de homossexual, circunstância que nunca escondera de ninguém. Tinha confiança em que pudesse ter o apoio da embaixada para resolver aquela questão.

No dia seguinte pela manhã pediu uma conversa com o Embaixador. Nos seus vinte anos de vida diplomática o Embaixador nunca tinha tido que lidar com uma situação daquele tipo, embora já houvesse escutado uma ou outra história similar. Como Adalgisa era conhecida de sua esposa, o Embaixador disse que iria primeiro averiguar com ela quem era aquela mulher e trocar uma ideia sobre como tratar do assunto. No dia seguinte, por sugestão da Embaixatriz, pediu que o serviço de informação da Embaixada fizesse uma pesquisa sobre Adalgisa Simões Alencar.

Nesse mesmo dia, Jean-Louis recebeu um telefonema de Ricardo que chorando pediu desculpas e disse que ficou sabendo do que sua mãe fez, mas que não podia fazer nada, pois ela era sua mãe e ele ainda dependia dela totalmente, disse para Jean-Louis tomar cuidado porque sua mãe era muito louca em matéria de dinheiro e desligou. Aquilo deixou Jean-Louis mais preocupado, mas procurava se manter calmo à espera do encaminhamento que a Embaixada estava planejando dar para o seu caso.

Dois dias depois Jean-Louis foi chamado para uma conversa sobre o desdobramento protocolar da sua situação. Sentado numa das cadeiras em frente à mesa do Embaixador se sentia como um garoto que havia feito coisa errada e fora chamado ao gabinete do diretor da escola.

– De acordo com orientações de Paris e sugestão de minha mulher, foi feita uma investigação sobre a senhora Adalgisa. Não foi preciso muito para sabermos que esta senhora tem antecedentes nada satisfatórios para caracterizá-la como uma mulher decente: um divórcio litigioso com tentativa de envolver o ex-marido num escândalo sexual para exigir maior compensação financeira, escândalo não comprovado pela defesa do marido que resultou em perda financeira para ela; diversos processos por cheque sem fundo e inadimplência; envolvimento amoroso atual com um empresário do setor de construção aqui de Brasília, que também responde processos na justiça. Ou seja, sua ex-futura sogra é uma tremenda vigarista.

E o Embaixador deu uma risada gostosa. Jean-Louis, como bom aluno, disse:

– Agradeço muito a atenção que o senhor tem dado ao meu caso, foi um descuido que servirá como lição para o resto da vida.

O Embaixador parecia se divertir com aquela história estúpida.

– O Ricardo fez dezenove anos o mês passado. Você, Jean-Louis, no seu entusiasmo foi relapso ao conhecer o rapaz, apesar da chamada de atenção da Marie Clair, como fiquei sabendo por ela ao comentar o assunto. Mas, no seu desespero foi mais relapso ainda em não perceber adulterações grotescas nos documentos de identidade fotocopiados.

Ao mesmo tempo que Jean-Louis sentiu um alívio interior e dava um sorriso mais relaxado, ficou apreensivo quando o Embaixador pegou sobre a mesa um ofício do Ministério dos Negócios Estrangeiros francês e disse:

– É o protocolo do Ministério para assuntos de assédio moral relativo a funcionários de carreira. O ponto principal é evitar que esses casos escapem para a mídia. Por isso, sugerem a transferência da pessoa por questão de segurança do próprio serviço. Como você já tem cumprido praticamente um ano no posto, sugiro tirar férias imediatamente e se apresentar na sede do Ministério em Quai d'Orsay para receber novas instruções de trabalho. O departamento de comunicação da Embaixada se encarregará de evitar qualquer sombra sobre o assunto na mídia local. Quanto à senhora Adalgisa fique tranquilo, pois já marquei com ela uma reunião para amanhã de manhã, para a qual chamei nosso responsável jurídico. Com certeza as informações que temos sobre ela serão suficientes para deixar esse assunto de lado. Desta vez não deu certo para ela. Agora, Jean-Louis, você teve muita sorte. Em primeiro lugar, agradeça a você mesmo por não ter mantido o assunto em sigilo e ter me comunicado em seguida; em segundo lugar, por eu não ser um Embaixador conservador; e terceiro, pelos antecedentes criminais recorrentes desta mulher. Tenha mais cuidado da próxima vez, você poderia colocar sua carreira em risco. Aconselho a você ler atentamente nosso protocolo de prevenção de assédio moral no trabalho diplomático.

Jean-Louis não sabia se demonstrava preocupação ou alívio. Não conseguia distinguir muito suas emoções naquele momento, mas com aquele encaminhamento, surgiram de imediato diversas dúvidas importantes.

– Este era um posto para cinco anos, como eu faço com o apartamento e o carro? Minhas coisas?

– Você vai fazer uma procuração para nossa responsável administrativa que se encarregará de encerrar o contrato do apartamento, acompanhar a embalagem dos seus pertences pessoais e sua armazenagem até a definição de seu próximo posto e, claro, vender o carro. Ela já está providenciando sua passagem aérea para este final de semana num voo Brasília-Rio-Paris.

Jean-Louis estava arrasado. Passou a tarde limpando sua mesa de trabalho, os arquivos pessoais do computador e elaborando uma procuração. Deixou para se despedir de alguns colegas mais próximos no dia seguinte, quando viria à Embaixada à tarde, depois da conversa do Embaixador com Adalgisa, não queria encontrar com aquela víbora.

Em casa, depois de chorar enquanto arrumava suas malas, tomou um banho, bebeu uma vitamina de frutas – um hábito adquirido no Brasil – e comeu uma baguete com queijo Brie e tomate. Sentou sozinho na sala de estar e, com um sentimento de incompletude, pensou na transitoriedade, em como a vida pode ter mudanças tão repentinas, os planos podem se alterar por pequenos tropeços. Pensou em Diogo e sentiu vergonha de contar a ele o que aconteceu e pensou que teria poucas perspectivas ligando para ele. Se serviu de uma boa dose de whisky e pegou o telefone. Chorando contou o sucedido. Diogo primeiro ficou em silêncio, em seguida disse: que vagabunda!

Depois de falarem o incontestável – que cagada, como você caiu numa furada dessa?, se deixar seduzir por um pirralho?, por que não xingou essa vagabunda?, etc. e tal – Jean-Louis contou sobre os desdobramentos e que estaria retornando para Paris no final de semana, passando pelo Rio. Combinaram de se encontrar.

Ter falado com Diogo e tomado seu whisky o acalmou e pôde dormir. Na manhã seguinte, já mais aliviado e descansado, foi à academia que ficava próximo à sua casa. Ao sair, encontrou Ricardo na portaria do prédio. Este parecia maldormido e disse:

– Desculpe por tudo isso.

– Eu não quero falar com você – disse Jean-Louis.

Ricardo parecia gaguejar e querer chorar. Jean-Louis ficou pensando se o filho era tão bom ator quanto a mãe, mas ainda o escutou dizer:

– Foi ela quem planejou tudo. Ela te conheceu num vernissage. Você estava com um rapaz bonito. Você estava muito feliz e desarmado. Quando ela chegou em casa, talvez tocada pelos coquetéis, disse que tinha pensado algo que pudesse mudar nossa vida, pois tinha conhecido o novo secretário da Embaixada da França. Me disse que eu ia gostar de te conhecer. Eu achei a ideia divertida, mas eu não pensava que iria gostar...

– Não precisa terminar, Ricardo. Como eu disse antes, não quero falar com você e é melhor não prolongarmos este encontro. Estou muito machucado com tudo isso e sua presença só faz doer mais. Cuidado com a mãe que tem! *Adieu*!

Que absurdo! Quase um crime premeditado. A própria mãe usando da sexualidade do filho para fazer chantagem. Será que já havia dado esse golpe antes? Isso o Embaixador não esclareceu, talvez por educação e para não ferir mais a ele.

À tarde, na Embaixada, em reunião com a administradora, ficou sabendo que teria oito horas de transbordo no Rio de Janeiro antes de embarcar para Paris. Diogo foi ao Galeão para encontrá-lo e, como tinham algumas horas, sugeriu almoçarem no Siri da Ilha, um restaurante de frutos do mar próximo ao aeroporto. Comeram um risoto de camarão com vinho branco. Depois foram caminhar no píer que havia quase em frente ao restaurante, de onde se avistava a entrada da Baía da Guanabara, a ponte Rio-Niterói, o Pão de Açúcar e o Cristo Redentor. A tarde estava encantadora no Rio de Janeiro.

– Que merda, heim, Jean-Louis? Para mim, você ter tido um caso não é o que mais me incomoda, mas como você não percebeu que estava numa furada. Essa coisa de erotismo platônico é uma bobagem, é como fast-food, a gente não leva para casa, come no balcão, não dá trela.

Jean-Louis não sabia o que significava "não dar trela" e ambos riram à vontade. Diogo misturava seu inglês com português. Jean-Louis não falava muito. Quando chegaram ao final do píer, mesmo na presença de poucos pescadores, se beijaram. Jean-Louis deixou escorrer algumas lágrimas. Diogo passou as mãos por seus cabelos e disse:

– Eu gosto muito de você, Jean-Louis. Se cuide.

– Eu também gosto muito de você, Diogo.

Prometeram manter contato e voltaram para o restaurante onde tomaram um táxi para o aeroporto. Jean-Louis embarcou para Paris.

Um voo curto

"Mal começaste a conhecer a vida e
já anuncia a hora da partida."
Cartola

Aos oito anos de idade Carlinhos não ganhava corpo, apesar de comer bem, era um menino franzino. Dona Cida achava muito estranho que o menino tivesse fome em diversas horas do dia. Era uma banana, uma bolacha, um pedaço de pão com margarina, fora o prato cheio no almoço. Um dia reparou que havia formigas na privada depois do Carlinhos usar. Pensando em verme, Dona Cida vivia dando remédio, mezinhas, sementes de abóbora e diversos chás que as vizinhas indicavam. A professora chegou a alertar Dona Cida para o fato do Carlinhos pedir muitas vezes para ir ao banheiro e que tinha reparado que o menino bebia muita água. O garoto gostava de futebol, mas sempre ficava cansado logo no primeiro tempo de jogo até que um dia desmaiou no campinho perto de casa. Dona Cida levou o filho para a emergência do Souza Aguiar e lá foi diagnosticado que o Carlinhos era diabético.

Dona Cida e o filho tiveram que aprender a viver com esta situação crônica em que o pâncreas produz pouca insulina, aumentando o açúcar na corrente sanguínea. Por sorte, o serviço público de saúde já disponibilizava o tratamento para a diabetes. No início, Carlinhos aprendeu a medir a glicosúria, ou seja, o açúcar na urina, com umas fitinhas especiais para isso e distribuídas pelo posto de saúde, mais tarde o posto começou a distribuir também o kit para medir o açúcar no sangue, a glicemia. Carlinhos ficou insulinodependente, isto é, era preciso injetar insulina todos os dias para controlar o nível de açúcar sanguíneo.

Um diabético pode viver uma vida normal controlando sua glicemia. Quando Carlinhos era ainda um garoto se retraía na convivência com os colegas, pois tinha que ter cuidado para não se machucar e restrições para doces, refrigerantes e massas, tudo que a garotada adora. Mas à medida que foi incorporando cuidados e dieta na vida cotidiana, o Carlinhos foi aprendendo que era um garoto normal e, como qualquer garoto da comunidade, foi entrosando com a turma que mais tinha em comum com ele.

Era inteligente e não repetia de ano na escola, gostava de música e de ler gibis. Na comunidade o funk era a música da garotada que gostava de piercing, tatuagem e boné. Carlinhos era um garoto sensível, não era daqueles malhados, mas achava bonito um corpo bem torneado como do seu amigo Hugo, com quem escutava música e frequentava bailes funk. Foi o Hugo quem apresentou a ele o baseado de maconha. O Hugo era um cara maneiro e ensinou ao Carlinhos a ser safo em relação ao pessoal que dominava o tráfico na comunidade. Principalmente a não se deixar enredar na distribuição, consumindo com gente chegada em pequenas quantidades para nunca se endividar. Dívida com o tráfico era armadilha difícil de sair.

Com certeza, Dona Cida percebia mudanças no comportamento do Carlinhos, mas essas mudanças não chegavam a ser rupturas que preocupassem. Apesar das roupas, do cabelo e do boné, o Carlinhos era muito carinhoso e atencioso com a mãe e as irmãs. Era um rapaz alegre e prestativo, orgulho da Dona Cida na vizinhança, que fazia tudo pelo seu menino, até comprou um computador em prestações na Casas Bahia. Quando o Carlinhos terminou o ensino médio já dominava diversos programas e sites de música. Ele queria ser DJ, mas teve que procurar um emprego, pois não conseguia vaga em faculdade pública por meio do ENEM e só poderia pagar uma faculdade particular se fosse trabalhar.

Dona Cida trabalhava num restaurante em Copacabana há mais de dez anos e tinha boa relação com os patrões e com as colegas. Conseguiu uma possibilidade para o Carlinhos ser garçom, mas ele não quis, queria um trabalho mais ligado com a música. Como havia uma loja de CDs ao lado do restaurante em que Dona Cida trabalhava, ela conversou com o gerente e conseguiu uma vaga de vendedor para o Carlinhos. Ele bem gostou por ser uma oportunidade de conhecer novas músicas e ritmos. Como era muito esperto e dominava o universo musical digital logo ganhou confiança do gerente da loja. Em pouco tempo, começou a produzir sets de música funk e a ser conhecido na turma pela qualidade do seu trabalho.

A vida começava a sorrir para o Carlinhos. Ele era muito querido em casa e na vizinhança, conhecido e respeitado pelo pessoal do tráfico. Também era discreto para fumar seu baseado, não gostava de andar na boca de fumo. Diversas vezes se revoltava com a entrada bruta da polícia na comunidade, não era só o medo de levar uma dura, pois já tinha visto muita brutalidade e colegas serem agredidos durante as blitze da PM, tinha mais medo de perder alguém querido com uma bala perdida. Essas incursões sempre deixavam mal-estar nas pessoas, quando não a dor por morte de gente conhecida.

Até que um dia foi a vez de Carlinhos conhecer o inferno. Voltava do trabalho e estava feliz porque tinha garantido uma boa percentagem nas vendas do dia. Passou na boca rapidamente, pegou um baseado e parou no boteco do Seu Ananias para tomar uma cerveja com o pessoal que estava organizando o próximo baile funk. O bar estava animado e até puxaram um samba maneiro. De repente chegou pelo beco o camburão e, quatro soldados armados desceram do carro e foram direto ao bar.

– Todo mundo quieto com documentos, ninguém sai do bar! – gritou um dos soldados.

O guarda que revistou Carlinhos logo encontrou o baseado esquecido no bolso da calça. Nem adiantou os documentos estarem em dia, nem ele dizer que era trabalhador, que tinha compromisso com o trabalho. Acontece que ele tinha sido visto por um olheiro da polícia quando passou pela boca de fumo. Declararam flagrante e meteram o Carlinhos no camburão.

Prisão em flagrante nas comunidades não segue procedimentos lidos em livros de Direito Civil ou Penal, nada de "você tem direito de ficar calado e chamar um advogado". Direito de saber quem é o policial que está dando ordem de prisão, esquece, só mesmo nos livros. Celulares são logo confiscados. Na delegacia, os autuados por blitz em favela são logo encarcerados e só depois, no ritmo do interesse do delegado, prestam depoimento. Para o pessoal das comunidades não tem nada disso de termo circunstanciado ou fiança, são todos potencialmente perigosos e, até prova em contrário, parte do crime organizado.

Ao saber da prisão de Carlinhos, Dona Cida se desesperou. A primeira coisa que pensou foi na diabetes do filho. Foi logo para a rua se informar se alguém tinha anotado o número do camburão e para onde tinham levado seu filho. Ninguém sabia direito. Voltou em casa, trocou a roupa e foi até a guarita da polícia na entrada da comunidade se informar. Só conseguiu chegar na delegacia onde possivelmente o Carlinhos poderia estar já passado a meia-noite, isso depois de muito chorar e lutar para descobrir algum indício. Era só o pessoal de plantão que estava de serviço e foi confirmada a entrada do Carlinhos. Ele estava detido, os guardas não podiam deixá-la falar com o filho sem ordem do delegado, que não estava presente. Mandaram voltar no dia seguinte. Dona Cida deixou uma pequena embalagem plástica bem fechada com a medicação do Carlinhos e explicou aos guardas que o filho era doente e precisava daquele medicamento.

No dia seguinte, Dona Cida voltou na delegacia com um tio do Carlinhos que era porteiro de um prédio no Flamengo e conhecia um morador que era advogado. O delegado deixou que ela falasse com o filho por dez minutos, foi quando ficou sabendo que os guardas não tinham dado o remédio ao filho. Carlinhos disse que estava começando a sentir fraqueza por não ter comido direito à noite e ter tomado só um café com um pão seco na cadeia. Dona Cida se tomou de coragem e foi falar com o delegado sobre as condições de saúde de seu filho, que era preciso comer regularmente e medir a glicemia para tomar insulina. O delegado disse que seu filho era um marginal do crime e das drogas e duvidou daquela conversa sobre diabetes.

– Já vi mãe mentir na minha cara com essa conversa de filho marginal doente, doente mental, doente do coração, doente disso e daquilo. Não caio mais nessa conversa de mãe de bandido. Por que não cuidou do filho antes?

Ao dizer que o filho era trabalhador, que não era bandido, recebeu o mesmo tipo de resposta, ou seja, que toda mãe de marginal fala que o filho é trabalhador, e o delegado disse:

– Só se for trabalhador do tráfico!

Dona Cida se desesperou, chorou, mas não foi ouvida. Foi com o irmão procurar o tal advogado do Flamengo, que, por sorte, estava em casa. O advogado conversou com Dona Cida e explicou que não podia fazer nada, porque já estava aposentado, mas disse que ela procurasse a Defensoria Pública na Avenida Marechal Câmara, no centro da cidade. Dona Cida chegou à Defensoria à tarde e foi informada que teria que marcar uma consulta pelo sistema online. Agora era assim, as consultas eram pré-agendadas pelo sistema digital.

Passaram a noite no computador do Carlinhos tentando marcar uma consulta na Defensoria. Foi a irmã mais nova, que sabia a senha, quem conseguiu acessar o site. Só tinha consulta disponível três dias depois. Dona Cida continuou indo à delegacia todos os dias, sem sucesso junto ao delegado, para conseguir passar os medicamentos ao filho, que a cada dia parecia mais fraco.

Dois dias depois, o Carlinhos teve um choque glicêmico, desmaiou e passou mal na cadeia. Levaram ele desacordado para o Souza Aguiar, mas foi tarde demais. Morreu sozinho, sem música, sem afeto dos amigos e dos vizinhos. Sem insulina e sem a mãe.

Um espírito aberto

Reencontrei Rodolfo por acaso na Livraria da Travessa de Botafogo. Nos conhecemos crianças no Grupo Escolar da nossa cidade. Tinha um sorriso matinal de quem sonha leve e nos aproximamos, amigos sem aviso prévio, pois amor não avisa que chega. Frequentávamos a casa um do outro e nos divertíamos. Inventávamos situações mágicas para colorir nossas brincadeiras, metíamos conversas à toa e crescemos permitindo experimentar novidades, descobrindo juntos um mundo de sensações. Crescemos trocando confidências como cabe aos melhores amigos e experimentamos juntos novos hábitos, nosso primeiro baseado, o primeiro porre e o primeiro beijo. Rodolfo me despertava sensações esquisitas e mistérios gozosos, fazendo sentir o assentamento da vida na pele e o remorso na alma. Diferente de mim com meus sentimentos contraditórios, ele não tinha medo de Deus. Desejo e medo rondavam meus fantasmas paroquiais e Rodolfo ria, tirava satisfação nos meus limites. Sua leveza me fazia viver pensamentos novos de ingenuidade que escapavam imponderavelmente do confuso da minha existência. Um dia perguntei ao Rodolfo de onde vinha tamanha ausência de Deus, ele respondeu que seus pais tinham o espírito aberto e na época eu não me dei conta daquilo.

O destino nos separou quando vim estudar no Rio de Janeiro. No tempo e na distância nossas vidas tomaram rumos diferentes. Na Livraria Travessa nossos olhares se cruzaram e reconhecemo-nos num átimo apesar de marcadas diferenças físicas. Abraços e risos, pois amor também não avisa que foi. Entramos pelos corriqueiros como vai e o que tem feito, entrando por trilhas do você se lembra. E prevendo a longa trilha do passado comum, sugeri sentarmos para conversar, enquanto tomávamos um café. Nossa conversa ia em velocidade de cruzeiro, quando me lembrei dele ter-me dito um dia que seus pais tinham o espírito aberto e aproveitei para perguntar como era isso, queria entender o que não dei conta no passado. Rodolfo não se fez de rogado, deu uma risada gostosa e disse:

– Você certamente se lembra de meus pais, Humberto e Clotilde.

Claro que me lembrava. Havia muito mexerico na cidade a respeito do casal, comentários que eu não me apercebia pela amizade com Rodolfo e porque me sentia muito bem em sua casa. Pedimos um novo café e ele disse que ia contar uma história que poucos na cidade conheciam sobre a sua família. Me proponho a reproduzir o que guardei com carinho no coração e na memória.

Todos sabem que numa cidade pequena nos anos 60 os comentários corriam à boca pequena, difusora de informações e mexericos entre homens e senhoras de boa família. Um assunto recorrente era a vida libertina de Humberto na zona da cidade e a compassiva vida de Clotilde no aconchego do lar. Os dois andavam na boca do povo como osso na boca de cachorro. Embora ninguém soubesse o que se passava entre as paredes da casa de Humberto e Clotilde, a imaginação do bem e do mal cada vez ilustrava mais as narrativas daqueles cidadãos. Falava-se maldosamente sobre as libações e as amantes dele e emendavam com o parecer que ela era uma parva, cega, a única que não via as artimanhas do marido.

Na verdade, Clotilde se fazia de surda para as más-línguas de suas conterrâneas, essas sim, as piores cegas, as que evitavam ver a realidade da vida, que poderia estabelecer nelas o fracasso e a mediocridade das suas próprias existências. Para os incautos da cidade era mais fácil baixar o véu da moralidade que reconhecer suas íntimas atrocidades.

Clotilde, calma e livre, passava ao largo dos mexericos da cidade. Ela não só sabia das artes de Humberto, como tinha conhecimento de suas amantes mais frequentes. O amor entre os dois nasceu quando ainda jovens. Mesmo antes de casar já conheciam o desejo da carne, como dizia o pároco da matriz. A paixão aumentava à medida que Clotilde não engravidava e os dois podiam satisfazer seus desejos mais e mais. Naquela época, a mulher acasalar e não engravidar antes do casamento era quase um presente dos céus. Clotilde conheceu o prazer sexual e o amor conjuntamente e, tendo provado de tudo sem medo, cuidou de criar raiz naquela relação. A liberdade alcançada por Clotilde lançou Humberto no fogo ardente no centro da mulher. Clotilde lhe deu o que nenhuma outra mulher daria: o segredo da vida. Quando decidiram se casar, a compreensão de um no outro já fincava bases sólidas na ligação entre eles.

Casados, esperaram pelo que já sabiam e procuraram médicos na capital, fizeram diversos exames e foi diagnosticado um envelhecimento precoce do ovário, que prejudicava a ovulação de Clotilde. Era a vontade do destino, porém ela chegou a pensar que fora o seu fogo interior a causa daquela danação. Inteligentemente afastou aquela ideia ausente de Deus e se entregou à sua necessidade interna de ser feliz. Sua atitude fortalecia em Humberto a quieta vontade de enfrentar junto àquela promessa de ficar ao lado um do outro.

Com efeito, a esterilidade de Clotilde não diminuía seu instinto de maternidade nem a vontade de ter filhos. Andava na rua com a cabeça erguida de qualquer mulher grávida que carrega desejos e sensibilidade. Uma noite ela teve um sonho maravilhoso, sonhou que tinha cinco filhos, cada um de um jeito. Quando acordou, a lembrança do sonho foi como uma epifania. Ninguém a impediria de viver o seu destino e arrancar de dentro a força flutuante do seu corpo. Naquela noite ela tomou um banho de cheiro de lavanda, vestiu sua camisola de cambraia bordada pelos dedos mágicos de sua avó, soltou os cabelos negros que vinha até os ombros e deu a Humberto uma noite inesquecível de prazer que pareceu a lembrança de uma vida inteira. Entre eles nascia um entendimento que ultrapassava palavras. Agradecida e cansada, antes de dormir falou ao marido:

– Uma noite como esta eu posso te dar sempre, mas se nosso amor, meu querido, não resulta em filhos, nosso entendimento deve buscar a vida. Então, Berto, eu te abençoo para buscar da melhor maneira possível uma outra que nos satisfaça e que seja do seu agrado. Mas ponho duas condições, que você acorde todos os dias em nossa cama e que, se Deus vos der um fruto, que me seja comunicado e que esse fruto seja me dado para criar.

Humberto, temeroso a Deus, fora abençoado pela esposa. Movendo-se cautelosamente como se andasse no escuro, deixou o tempo correr em curvas como o rio da cidade. Uma noite disse a Clotilde que ia dar uma volta. Ela sabia que seu homem ia buscar amor como quem busca um sacrifício. Obstinada, queria que se compreendessem nos seus segredos. Alinhavou uma palavra doce e disse:

– Arranja sua vida, meu homem, para que eu também seja feliz.

Ele entendera melhor que ninguém. Naquela noite dirigiu-se à Casa da Luz, a casa de mulheres passageiras da cidade, gerenciada pela Dona Neuza. Era um tempo em que moças de família não frequentavam bares ou boates, somente bailes e assim mesmo acompanhadas pelos pais. Humberto não tinha intenção de ir a bailes. Saciado, não tinha pressa nem fome e, no seu tempo foi reconhecendo sem medo ou crueldade para consigo mesmo o ambiente e as mulheres da Casa da Luz, sabendo-se exposto a comentários maldosos de outros homens da cidade que ali estavam em sigilo de confessionário.

Frequentou a Casa da Luz por algumas semanas até que conheceu a Isabel.

Isabel gostava do mar e o mar estava dentro dela. Talvez por isso transmitia tranquilidade nos dias felizes e tempestuosidade nos dias nublados. Já não era uma garotinha, tinha um corpo rijo, maduro e aconchegante como um berço. Não era bonita, mesmo assim emanava beleza com seus olhos profundos de mar e sorriso de menina sapeca. Quando se deram intimidade, Humberto sentiu os delicados dedos de Isabel escorregarem de leve por suas costas enquanto ela dizia que ele era a gaivota, livre para voar, e ela o mar, elemento vital, que um precisava do outro, mas não viviam um para o outro. Ele fez um gesto leve com a mão, acariciou seu cabelo e seu rosto e disse que voltaria. Voltou muitas vezes e vivenciaram uma saciedade, como devia conhecer uma mulher casada, cujo natural era viver sozinha. Era uma grande amante e sabia o que ele queria, por isso muitas vezes era assaltada por um medo de se apegar.

Frequentadores da Casa da Luz sentiram o capricho de Humberto estar preso a uma mulher como Isabel e sentiam um impulso de ódio por perceberem amor naquela frequência. A necessidade do sigilo dos homens da cidade impunha meias palavras que eram completadas pelas carolas da igreja.

Um dia, Isabel disse temerosa a Humberto que esperava um filho dele. Ao saber, seus olhos ficaram úmidos de felicidade, uma turbação tão esperada, porém desconhecida para ele. Emocionado, disse:

– Eu quero este filho tanto quanto te quero.

O mar dos olhos de Isabel serenara e ficara molhado. Estava há muito resolvida, não iria voltar atrás e disse presa ao véu de sua alegria triste:

– Já falei com Dona Neuza que não desistirei do ocorrido e que até o nascimento só dormirei com o pai da criança. Ela aceitou, mas terei de pagar um aluguel do quarto e você vai me ajudar.

Quando um alvoroçado Humberto contou a Clotilde que Isabel estava grávida foi como se dentro dela uma semente acabasse de brotar e sentiu que respirava o mais puro ar. Deu um beijo em Humberto, um beijo molhado por lágrimas de alegria e a certeza de que os dois seriam felizes. Ele contou do aluguel e ela disse que queria conhecer Isabel. Clotilde não se curvava ao destino e Humberto não se curaria daquela mulher. Na verdade, ele se envaidecia com sua atitude, da pose que colocava nessa atitude que satisfazia duas mulheres sinceramente na sua simplicidade. No meio de uma tarde esvaziada e quente de verão, quando nem passarinho sai de casa, Humberto trouxe Isabel para conhecer Clotilde, longe dos olhos mesquinhos da cidade. As duas se encontraram e reconheceram uma na outra o amor real daquele homem por elas e se abraçaram benevolentes com seus sentimentos. Uma simpatia nasceu no coração daquelas mulheres que compartilhavam o amor naquela fatalidade.

No dia seguinte, Clotilde acordou e quando se viu no espelho não era a mesma, como se uma energia mágica estivesse pregada na sua pele e, no fundo do seu ser houvesse uma tensão de gata vigilante. Ainda sentia o abraço de Isabel e receava de alguma maneira o corpo que carregava o filho delas. Tinha que enfrentar o receio e, como não podia entrar no corpo nem na alma da outra, precisava vigiar a cria. Agarraria aquela oportunidade de ser mãe como uma obstinação. Longe de Isabel seria como um desalento diário e, terem que se ver escondidas seria difícil. Cada vez mais percebia que não poderia se afastar dela. Primeiro convenceu Humberto de terem Isabel em casa como uma prima de fora, depois contatou uma parteira para acompanhar o destino das duas e a chegada do rebento. Isabel acatou a mudança de casa como o mar abraça a pedra na maré alta. As duas se acertavam.

A casa ganhou vida, cheiro novo e Clotilde cozinhava fartura. Ganhou peso, vestia roupas largas e eram como duas primas prenhas costurando roupinha e tecendo sapatinhos. Humberto olhava timidamente suas duas mulheres, indiferentemente amadas, não dava pio, era o pai. Cuidava do ninho e das duas bojudas num lar pintado de palavras de troça e ironia rosnadas por gaviões predadores da cidade. Humberto acreditava que desaceitar aquele escarnecimento era como cuidar de roseiras e se ferir com espinhos.

Rodolfo chegou ao mundo no alvorecer do equinócio da primavera e foi dos braços de Clotilde que chegou ao seio de Isabel para comer com decisão e aplacar sua fome de proteção. Depois, Isabel passou um Rodolfo saciado aos braços de Clotilde para que oferecesse seu seio para que seu cheiro fosse reconhecido pelo filho. Elas se reconheciam mães e compreendiam que eram felizes naquele lugar onde podiam viver e embalar seu amor e suas diferenças. Viveram juntos, os quatro, por seis luas até Rodolfo desmamar.

Isabel foi coroada Tia Isabel e Humberto construiu uma casinha nos fundos do quintal para ela ter o seu lugar sem se desgarrar, um lugar que lhe pertencesse. Decidira que as duas cresceriam juntas com Rodolfo. Ao mundo do seu amor não cabia conviver com os olhos inevitáveis e perigosos do ciúme, valia cuidar da afinação daquela melodia que afinal enchia de alegria o ambiente.

O tempo ajudou consolidar a família na casa e a casa na família onde Rodolfo ganhava corpo e vida, onde Humberto se entendia com os espaços e as mulheres se entendiam com ele. Era isso o destino deles e quis o destino que Isabel frutificasse uma nova semente e Clotilde voltasse a vestir seus largos vestidos. Chegou Carmem Lúcia, a Carminha, para ampliar as possibilidades daquela gente. A chegada da menina atiçou ainda mais os mexericos. Como perturbar aquela leveza, aquela felicidade?

Experimentavam uma alegria contida. Rodolfo e Carminha foram registrados como filhos de Humberto e Clotilde. Isabel foi madrinha dos dois porque anjos também são filhos de Deus.

O destino não suportou tanta generosidade. A leveza dos dias não pressagiara as tormentas que dormiam sob as águas de Isabel. Quando se vive o medo, o mundo fica envolto por contornos difusos, onde pequenas incoerências vão brotando na vida mansamente. Isabel deixou-se levar por um pressentimento doentio de que algo pudesse acontecer com as crianças, reviveu memórias de pecado e castigo que tanto lhe atormentaram no passado. No início parecia um zelo escusado levar as crianças para sua casa, zelo que começou a perturbar a calma de Clotilde quando atraída pelo choro dos dois pequenos. O espírito de Isabel respirava violenta maresia de mar revolto. Mal comia, escutava zumbidos que não soavam, já não se cuidava, falava triturado e ria sem graça. Experimentava uma inquietude que nascia no seu ventre e se materializava em palavras sussurradas sem o nexo do pensamento. Humberto e Clotilde cuidaram para que Isabel ferisse, e nem ferisse as crianças em seus ímpetos de leoa de voz rouca. Era triste ver Isabel esvair-se num corpo que minguava, um corpo que existira tanto, que dera tanto amor. Num dia quieto, numa manhã sobrenatural de inverno em que a névoa pousava no quintal, Humberto encontrou Isabel no chão de sua casa abraçada a uma boneca, já sem vida. Devolveram Isabel à terra como agradecimento por tanta fertilidade e mantiveram o espírito aberto para o alento dos filhos.

Rodolfo chegou ao final de seu relato com os olhos marejados e disse:

– Quanta graça eu tive por ter tido duas mães e um pai tão amorosos.

Ele tinha lembranças fotográficas em sépia de sua Tia Isabel e dizia que seus pais identificavam que ele tinha traços do antigo encanto da amante. Aprendeu de pequeno a amar a Tia por meio do amor dos pais a ela. Clotilde e Isabel tinham a alma aberta para a vida e foi com doçura e serenidade que abriram também o espírito de Humberto, de Rodolfo e de Carminha. Fora esse espírito aberto à vida e ausente do Deus Pai Todo Poderoso, o verdadeiro Deus daquela família. Clotilde e Humberto nunca esconderam dos filhos a pulsante e honesta história das suas vidas.

Pedra do Leme

Foi na Pedra do Leme que conheci o Darci. Nunca mais o vi e não esqueço do que aconteceu naquele dia e que vou contar antes que se desvaneça na minha memória.

A Pedra do Leme, no canto leste da Praia de Copacabana, é uma montanha de rocha granítica com cobertura vegetal de Mata Atlântica na parte superior. Essa vegetação termina em uma parede de rocha a uns trinta ou quarenta metros antes que mergulhe diretamente no mar. Provavelmente, essa parede de pedra, que costeia toda a montanha, não tenha vegetação pela ação direta do mar que quando a banha evita a sedimentação de terra e matéria orgânica. Toda a montanha pertence ao Forte do Leme, de propriedade do exército, e que nos anos 80, fazendo limite com a comunidade da Babilônia, proibia a circulação de pessoas nas suas imediações. Aquele canto da Praia de Copacabana é um bom pesqueiro, tanto que construíram no sopé do morro um caminho em cimento de uns oitenta metros de comprimento chamado Caminho dos Pescadores. Esse caminho é acompanhado pelo lado do mar por uma mureta de meio metro. Quando o mar está mais calmo, a garotada costuma pular da mureta, mergulhar e nadar até a praia ou subir novamente a rocha por umas cordas amarradas na mureta.

Nos anos do regime militar foi construído um muro de uns três metros de altura no meio do Caminho do Pescador, que impedia o acesso para além do muro. A proibição atiçava o espírito inquieto de alguns, gerando inclusive uma série de contravenções perigosas. Muitos garotos gostavam de usar o muro como trampolim para mergulho no mar como prova de coragem. Alguns pescadores conseguiam dar a volta ao muro pela rocha e passar para o lado proibido. Próximo ao muro, por reentrâncias da rocha, havia uma trilha íngreme que podia ser seguida por alguns pescadores ou rapazes corajosos e habilidosos. Essa trilha na pedra entrava pela mata onde mais adiante havia outra de terra batida entre as árvores. Esse caminho bordeava o morro por muitos metros dando acesso a outros pontos de pesca na pedra ou refúgios dentro do arvoredo. Era na encruzilhada entre esses dois atalhos, num pedaço de floresta rala, de onde não podiam ser vistos, mas podiam admirar a vista do mar e da Praia de Copacabana, que muitos rapazes fumavam seu baseado sem perigo de serem flagrados.

Eu era um frequentador do Caminho do Pescador tanto para mergulhar quanto para subir a trilha da mata e fumar um baseado com aqueles que conseguiam chegar lá. A garotada da Babilônia era ágil naquela empreitada e sempre tinha maconha, os garotos da zona sul que se arriscavam a subir eram, muitas vezes gente do surfe ou do grupo que mergulhava do Caminho do Pescador e que, geralmente, ia fumar a maconha dos meninos da comunidade. Havia muita camaradagem entre a turma jovem e os pescadores, que muitas vezes fumavam junto.

Naquela época, uma roda de fumo era ocasião de convívio e descontração, o baseado passava de mão em mão e nunca faltava um bom papo e contos de proezas entre os aventureiros que usavam troncos e galhos como assento. Era muito raro que alguma patrulha do exército fosse até aqueles rincões para dar uma prensa ou mandar todo mundo voltar para a praia. Em geral, o pessoal fumava, proseava e voltava para o sol, o mar e a praia. Mas vez ou outra acontecia de rolar um clima, uma troca de olhar ou gesto entre alguns dos rapazes que logo davam um jeito de ficarem para trás e seguirem pela trilha da mata para se pegarem em algum recanto mais escondido. Geralmente, essa pegação era objetiva, rápida e praticamente anônima, sem nome ou sobrenome.

Num domingo de verão, com a rocha quente do sol queimando a sola do pé, subi a trilha ao lado do muro do Caminho do Pescador até a encruzilhada no começo da mata. Num grupo de umas cinco pessoas já começava a rodar o baseado. Eram todos moradores da Babilônia. Dentre eles, um se destacava. Devia ter seus trinta e tantos anos, mas o jeito falante, a pele acobreada, os cabelos ondulados e atados em um rabo de cavalo num corpo ágil e magro o faziam parecer mais jovem. Ele contava umas histórias do presídio da Ilha Grande onde tinha estado.

– Fui preso com vinte e cinco anos. Os homem deram uma prensa na boca que eu trabalhava e na correria, na loucura, um policial levou um tiro. Pegaram eu e mais outros dois, que demo bobeira. Descemo a ladeira da Babilônia e demo de cara com os homem que tavam guardando a entrada da favela. O tira morreu e nós fomo condenado a dez anos de prisão. Eu fui mandado pro presídio da Ilha Grande.

Ninguém se atrevia a falar, fosse por respeito ou medo, embora o sujeito fosse mais engraçado que assustador. Me atrevi a perguntar como era lá na Ilha Grande, sem usar a palavra presídio.

– É um dos lugar mais lindo que já conheci, uma praia linda cercada por uma montanha de mata fechada. A praia é chamada Dois Rios porque tem dois rios, um em cada ponta da praia. Muito difícil fugir dali.

Depois de uma parada para curtir a tragada do baseado, continuou:

– Lá era uma colônia penal, quer dizer que a gente morava e trabalhava lá.

Dito isso, o sujeito começou a rir e todos rimos juntos.

– Morava, não ficava preso.

Deu mais um tapa no baseado, passou para a frente e continuou.

– Cheguei a conhecer o Madame Satã. Ele já tava velho, mas ia sempre visitar a colônia, o pessoal gostava muito dele. Acabou morrendo na Ilha e foi enterrado lá na Vila do Abraão.

– Madame Satã? – perguntou um dos garotos.

– Vocês são menino ainda, ele foi um malandro da Lapa de antigamente e era bravo valente, gostava de vestir de mulher, mas não gostava que mexesse com ele. Naquela época era proibido, ele era artista também, mas a polícia dava em cima e ele não gostava de polícia e acabou matando um, como a gente lá na boca, e foi preso e mandado pra Ilha Grande como eu. Só que depois de mais de vinte anos preso, não quis mais sair da Ilha e ficou morando lá na Vila.

Apesar do sujeito estar de rabo de cavalo, uma pequena argola na orelha direita e vestir um calção tão curto que mostrava toda sua coxa, ninguém se atreveu mais a tocar em assunto de Madame Satã e Ilha Grande. Depois de uma rodada, o baseado voltou para suas mãos e parecia ser um combustível para sua língua.

– Antes da polícia ter dado batida na nossa boca ali na Babilônia, quando fui preso, tinha chegado umas arma nova que o comando tinha comprado dum polícia chegado nosso. Fiquei sabendo que uns companheiro conseguiram fugir com elas. Fugiram por umas trilha aqui do morro que sai da Babilônia e passa pela mata atrás do quartel e dá pra chegar até aqui nessas banda. Parece que eles enterraram as arma em algum lugar aqui e depois fugiram pelo Caminho do Pescador até a avenida. Quem me contou foi um camarada que foi preso depois e passou uma noite comigo na cela da delegacia antes de eu ir pra Ilha Grande. Deve tá aí até hoje.

Nova risada do camarada vendo que alguns garotos começavam a mostrar inquietude.

– Precisa medo, não. Os milico não acharam isso até hoje.

Para mim o sujeito era uma peça, eu não sabia se falava sério ou se criava uma história para impressionar. Porém, os garotos começaram a descer para a praia, havia certo receio entre eles, habituados a lidarem com confrontos que eu desconhecia. Como estava meio chapado, fui ficando. O dia estava lindo, quente e, a vista do mar era um deslumbre.

– Meu nome é Darci e o seu?

Eu disse meu nome e perguntei o que ele fazia na colônia da Ilha Grande. Ele respondeu que trabalhou na cozinha. Depois que os meninos desceram ele relaxou seu gestual e começou a me olhar com interesse.

– Quando cheguei na Ilha eu era um pirralho, mas bonitinho, que nem um gato bravo. Tive sorte de dividir a cela com o Elísio, um mineiro que tinha se metido num assalto em que morreram três pessoa. O Elísio era um cara legal e cozinheiro. Foi ele que me levou pra cozinha. A gente se amasiou até matarem ele com um garfo. Acho que foi por causa de droga. Mas eu continuei na cozinha. Comigo ninguém mexia. Aprendi muito com o Elísio e de gato virei pantera brava.

O Darci viu que eu gostava das suas histórias e nada mais gratificante para quem conta do que alguém que escuta, um artista preza seu público. Com certeza ele via em mim um garoto zona sul meio boboca, esse era meu papel, e eu via nele um livro ou filme de aventuras, esse era o seu papel. Nos percebíamos gays, não foi à toa que contou o lance do Elísio. Ele tinha um jogo de sedução que deve ter adquirido na colônia, entre homens que nem sempre eram gays, parecia mesmo uma pantera no seu jeito sensual de se movimentar.

– Vamo andá um pouco na trilha da mata?

Ao me perguntar foi tomando a trilha e eu fui andando atrás.

– Essa mata me lembra a mata da Ilha. Acho que eu moraria naquela Ilha toda minha vida, como fez o Madame Satã. Sabe, eu falei que conheci ele, mas foi muito pouco. Ele já era um sinhozinho e eu um pirralho, só uma vez eu tomei a bênção dele. Ele era filho de Iansã e Ogum, muito forte. Iansã também é minha mãe, é quem abre meus caminho, mas sou filho também de Oxóssi, de onde vem minha garra.

Foi quando percebi os dois colares de conta que ele usava, um vermelho e outro verde, que se entrelaçavam e realçavam seus dois mamilos marrons no peito sem pelos. O Darci era meio andrógino nessa coisa de pantera, deve ter sido muito bonito mais novo, beleza que ainda brilhava na sua aura, mas que o corpo já atenuava.

– O pessoal na colônia falava muito dos escritor que passaram por lá na época dos preso político. Eu conheci um cara que tava preso por conta de política contra os milico, um pernambucano lindo que me pegava algumas vezes quando deixavam a gente tomar banho de rio. Ai, que delícia!

Ele ria e se fazia lânguido deixando aflorar seu ar felino de pantera. Chapados, parávamos toda hora para ver o mar azul imenso à nossa frente. Imenso.

– Eu amo o mar. Na Ilha a gente dormia escutano as onda quebrano na areia. O mar era nosso sonho de liberdade. A liberdade é assim como o mar, imensa e misteriosa, a gente se banha nela, todo mundo se banha nela, mas tem gente que morre nessa imensidão.

Eu fiquei olhando para o farol na ilha em frente e nem vi que o Darci havia se levantado e ido em direção à mata. Quando dei por mim, me levantei e olhei para trás. O Darci estava nu, tinha tirado o pequeno calção de banho e parecia um índio.

– Fica pelado também.

Agradeci a sugestão, negligenciando o convite. Ele ria.

– Eu adoro ficá pelado, andá na mata pelado, sentir a natureza no meu corpo.

Eu concordei. De alguma maneira eu pressentia que não seria bom bater de frente ou discordar do Darci, tinha que fazer direito meu papel de menino bobo, mas não burro. Na brincadeira de ficar pelado, deu para perceber um início de ereção num Darci que já vinha dando ares de desejos eróticos na sua maneira de falar comigo. Embora essa atmosfera de sedução despertasse minha curiosidade e, por que não, certa excitação, eu não me sentia atraído fisicamente pelo Darci, cuja atitude não me causou surpresa. Eu precisava saber lidar com a situação de forma polida para não provocar um bote repentino da pantera. O Darci percebeu, não me ignorou, mas optou por retornar ao assunto das armas enterradas na mata numa versão mais velhaca.

– Eu acho que sei onde as arma da boca de fumo tão enterrada, o carinha na cadeia me contô, só que não lembro direito. Eu tenho que vir aqui num dia de chuva que tem pouca gente na praia pra desenterrá isso e conseguir uma grana. Eu tô precisano de grana.

O Darci estava bem à vontade nessa conversa colocando sua necessidade de dinheiro num roteiro puxado para um lado marginal que misturava drogas e armas. Eu percebia um discurso indireto que misturava violência e sexualidade, como ele deve ter vivido em ocasiões passadas, com um jeito malandro de extorquir algum dinheiro, que eu não tinha. De qualquer maneira eu precisava procurar uma saída daquela situação. Foi quando, inesperadamente, escutamos ruído de passos na mata que com certeza não eram de pés descalços, mas de botas. Mais do que rápido, o Darci vestiu seu calção e, como numa sequência cinematográfica, aparece um soldado com uniforme do exército e fuzil na mão.

– O que vocês estão fazendo aqui? É melhor ir circulando, não sabem que aqui é zona proibida? Andando, andando.

Imediatamente, tomamos o rumo da encruzilhada para pegar a trilha na rocha que nos levaria de volta ao Caminho do Pescador. Com certeza, o soldado não tinha ordens de prender ou causar confusão num domingo de sol de verão carioca, com tanta gente na praia. Fica a dúvida se ele já não estivesse nos observando e esperando que fosse haver alguma cena mais picante que alimentaria sua fantasia. Fica a dúvida de como eu sairia daquela situação sem dano.

Dúvida por dúvida, assim que chegamos no Caminho do Pescador me despedi do Darci e dei um mergulho no mar para nadar até um trecho mais distante da praia. O Darci parecia boa gente, mas eu era um jovem curioso do interior nem tão corajoso a ponto de pagar para ver uma situação fora da minha zona de conforto. Como disse o Darci, a liberdade é como o mar, mas tem gente que se afoga nessa imensidão. Entretanto, até hoje me pergunto se toda aquela história do Darci era real ou uma bela criação da sua imaginação fantasiosa. Será que ele esteve mesmo na Ilha Grande? Será que aquelas armas enterradas existiam mesmo? Era um grande contador de histórias. O que terá sido do Darci nesse Rio de Janeiro?

Minha mãe

Sonhei que caminhava pelas ruas da orla do centro da cidade antiga do Rio de Janeiro. A caminhada começara no Flamengo, junto à murada que costeava a praia, e continuou pela Glória, pelo Passeio, o Morro do Castelo até o Paço Imperial e seu ancoradouro, depois seguia pela Rua Direita até a Prainha aos pés do Morro da Conceição. As imagens pareciam ser de um dia radiante de sol e costeando a Prainha a rua se alargava margeada por algumas palmeiras e castanheiras que davam sombra a pequenos barcos ancorados na areia. A luminosidade do dia realçava o colorido das casas e sobrados que subiam o Morro até encostarem nas imediações da Fortaleza da Conceição. Me lembro que havia pouco movimento nas ruas e soprava uma leve e agradável brisa.

Aproveitando a beleza do dia, tomei como se fosse costume habitual, a Ladeira da Fortaleza da Conceição no canto do Caminho da Prainha, aos pés do Convento de São Bento. Uma rua pavimentada com pedras era a via principal para subir o morro numa atmosfera onírica, iluminada, sem movimento. O que dava colorido ao sonho eram as casas baixas, estreitas, de uma porta ladeada por uma ou duas janelas grandes que, como a porta, eram beiradas de pedra e tinham a metade superior de veneziana que permitiam a quem estava dentro ver a rua. Eram casas com telhas de cerâmica em meia água, por não serem muito extensas.

Fui caminhando, sempre sozinho, até o Largo da Conceição frente à Fortaleza e tomei pela direita na Rua do Jogo. Logo no início havia uma casa verde com uma porta e duas janelas laterais, e acima da porta via-se em ferro fundido o pequeno número vinte. Logo reconheci como a casa da minha mãe, onde cresci. Bati duas vezes a aldraba em formato de uma pequena mão fechada e pouco tempo depois minha Tia Naná abriu uma das folhas e, sorrindo, fez um sinal para entrar. Continuava uma mulata linda apesar de mais velha, com um pano colorido envolvendo seus cabelos, saia e blusa brancas. Recebeu-me na sala mal iluminada. A roupa branca de minha tia era como uma luz opaca que permitia ver um pequeno sofá de palhinha e dois vasos ao lado da porta, comigo-ninguém-pode e arruda protegiam e perfumavam a casa. Tia Naná pegou sobre um pequeno móvel ao lado do sofá um papel onde se via escrito a lápis uns versos e disse que eram pensamentos de uma mulher que tinha sido amiga de minha mãe, uma mulher com poderes de cura, que jogava búzios e benzia as pessoas. Pedi para ver minha mãe e ela mostrou-me uma porta que dava para a sala, ao lado esquerdo do corredor que levava ao fundo da casa, onde ficava o fogão a lenha.

Abri a porta, era um quarto muito claro cuja luz entrava por uma alta janela de onde se via o mar azul da baía com diversos barcos ancorados nas águas protegidas por imensos blocos de granito de cada lado da sua entrada. Via-se também a Prainha e o Porto do Sal e alguns telhados das casas mais baixas do Morro. Havia muitos negros escravos trabalhando no porto. Era mesmo uma linda manhã de sol radiante de luz. Minha mãe estava sentada numa cadeira em frente a uma pequena mesa que recebia a luz vinda da janela, por onde podia ver toda a paisagem à sua frente. Havia alguns papéis, um tinteiro e uns cadernos sobre a mesa. Minha mãe segurava uma pena e parecia ter sido interrompida em sua concentração. Ela também vestia branco e, diferente de Tia Naná, o pano que cobria seus cabelos era também branco. Parecia uma entidade e seu rosto de preta de Cabinda abriu-se num suave sorriso branco, seus olhos de azeviche olharam diretamente para dentro dos meus e ela disse:

– Meu filho!

Ajoelhei-me, tomei suas mãos e beijei-as com os olhos molhados.

Numa folha de papel, onde parecia que minha mãe havia interrompido algum trabalho, vi umas anotações confusas que me pareceram ser um roteiro, uma estratégia para montagem de uma história. Imaginei que minha mãe estivesse fazendo um curso de roteiro e pensei: que bom!

Segurando minhas mãos, ela se levantou e disse:

– Eu preciso dormir, não tenho conseguido dormir.

Eu falei com ela sobre a mulher com poderes de cura que minha tia havia mencionado e disse que seria bom ela procurar aquela mulher, pois poderia ajudá-la.

Ela respondeu:

– Ah, sim, eu me lembro dela, foi quem primeiro me falou que eu estava doente, sim, acho que ela pode me ajudar.

Levantei-me, tomei seu rosto em minhas mãos, beijei-a e ajudei-a a sentar-se em seu colchão de capim seco com paina, revestido de tecido branco de algodão cru, na pequena cama ao lado da mesa em que trabalhava. Ela repousou sua cabeça no macio travesseiro de macela. Segurou meu rosto, colocou sua mão direita na minha testa, fechou os olhos, sussurrou umas palavras na sua língua Cabinda e disse:

– Vai com Deus, meu filho.

Em pé e ainda segurando sua mão olhei novamente pela janela. Um barco que entrava pela baía deixava um rastro branco na água azul. Pensei como era lindo aquele lugar. Era um bairro antigo da zona portuária onde minha mãe morava sozinha com minha tia, onde minha mãe escrevia para colocar para fora suas dores e tristezas, para poder dormir, pois, apesar da bela e velha casa, do dia radiante de luz, minha mãe era triste, sozinha e escrevia.

Eu acordei com os olhos molhados e uma saudade imensa da minha mãe.

A carona

Dirigir na estrada cansa, seu delegado, e dá sono, por isso quando aparece alguém pedindo carona e eu vejo que está nos meus conformes eu paro e levo. Conversar me tira o sono. Meus conformes? Bem, vejo se tem assim uma mochila ou bolsa, de preferência com jeito de estudante ou de farda. Nessas estradas de Minas tem muito estudante ou soldado que mora numa cidade e estuda ou serve quartel em outra. Sempre procuro dar carona porque também já pedi carona muitas vezes quando era estudante. Claro que não pego qualquer um, como já disse, tem que ter jeito de quem tá viajando. Não, não gosto de levar duas ou três pessoas, prefiro quando é um sozinho. Sim senhor, vou me ater ao fato. Aquele dia, eu tava indo de Lafaiete para o Rio. Que horas? Eu saí de Lafaiete às dez e quinze da manhã. Eram onze e meia mais ou menos quando fui chegando perto de Barbacena. O senhor conhece aquela primeira entrada de Barbacena? Não? É a que fica lá no alto depois de uma lombada, tem um posto de gasolina com uma lanchonete na frente. Então, ali, logo depois da entrada da cidade tem um largo no acostamento, acho que é mesmo pros carros que vêm da cidade pararem antes de pegar a rodovia. Geralmente, nesse largo sempre tem uma moçada pedindo carona, eu mesmo já fiquei algumas vezes lá para pedir carona quando era estudante. Nesse dia tinha esse rapaz com uma mochila segurando uma cartolina escrito Rio de Janeiro. Parei o carro mais pra frente e chamei, ele pegou a mochila e veio correndo. Abri o vidro da janela do passageiro e ele perguntou pra onde eu tava indo, eu disse que pro Rio, ele perguntou se podia levar ele e eu abri a porta. Era um rapaz simpático e gostei do jeito dele, parecia até que eu conhecia ele. Tinha uma prosa boa. Disse que tinha saído cedinho de Beagá e que tinha pegado duas caronas até Barbacena. Se chamava Antônio e eu disse que era uma coincidência porque eu também chamava Antônio. Como eu disse, o rapaz tinha uma conversa boa e quando isso acontece a viagem fica mais fácil e passa rápido. Parei num restaurante antes da entrada de Santos Dumont e descemos do carro. De pé nós éramos quase da mesma altura, fomos primeiro ao banheiro e na hora de lavar a mão olhei pra ele pelo espelho e pensei como ele era bem-apanhado. Perguntei se queria comer alguma coisa que eu pagava. Cada um comeu um sanduíche, tomou uma Coca-Cola, um café e voltamos pra estrada. Depois de comer, ele ficou menos prosa, acho que era um pouco de sono. Eu fiquei puxando assunto. Perguntei se tinha namorada, ele disse que não, se tinha irmãos, ele disse que tinha, qual era seu signo e ele disse touro e eu disse que coincidência eu também sou de touro, que dia, perguntei, ele disse 20 de maio e eu quase parei o carro, nossa, eu disse, mesmo dia meu. Nisso a gente já tava perto de Juiz de Fora. Pois é, seu delegado, foi aí que eu acho que minha cabeça começou a disfuncionar. Eu não sou espírita, mas sempre fui encucado com essa coisa de reencarnação, de tempo no tempo, essa coisa de infinito sempre me deixou confuso. Era coincidência demais. Comecei até achar mesmo que o garoto parecia comigo. Não, seu delegado, eu juro por tudo que é mais sagrado, eu não tinha bebido nada, foi mesmo uma torção que eu acho que deu na minha mente, que eu comecei a pensar se aquele rapaz não era eu mesmo. Aí, eu perguntei a ele o que ele ia fazer no Rio. Ele disse que ia ficar na casa de uma tia e cursar uma escola técnica de mecânica. Eu não podia acreditar, seu delegado, eu tenho uma oficina mecânica em Lafaiete, o senhor sabe disso porque eu já tinha dado o endereço dela no começo do inquérito. Acontece que quando eu era jovem também vim para o Rio, também fiquei hospedado um tempo na casa de uma tia e cursei uma escola técnica no Lins de Vasconcelos. Seria tanta coincidência assim? Parei o carro num posto na altura de Matias Barbosa para abastecer e o rapaz disse que ia no banheiro. Veja se eu não tava ficando maluco, olhei a mochila dele no banco de trás do carro e achei que era igual uma mochila que eu tinha quando mais novo. Agora, se o senhor me perguntar se era mesmo parecida eu não sei dizer não senhor, por isso eu acho que já tava ficando fora de mim mesmo, porque veja, quando o tal Antônio estava vindo para o carro eu já quase me via naquele jeito dele de andar e ajeitar a calça. Até pensei assim meio rápido como eu era até bem-apanhado quando mais novo. E acho que foi quando comecei a desconfiar que devia ser alguma coisa fora de controle desse mundo de Deus, como se o relógio celeste atrasasse ou adiantasse, sei lá, não tenho tanto estudo assim pra saber. Fiquei tão desnorteado que fui também no banheiro do posto, mais para perguntar pro rapaz do balcão que dia, mês e ano nós estávamos. Ele até riu e eu disse que era porque eu tava meio confuso, acho até que ele acreditou porque a minha cara devia já andar meio rota. Daquele posto pra frente foi que eu acho que o Diabo tomou conta do meu corpo. Se não foi Deus que mexeu no relógio celeste só pode ter sido o Diabo. Na minha cabeça doida começou a circular essa coisa de que o tempo tava encavalado na minha pessoa. Comecei até a ficar com medo de encontrar com esse outro eu noutra idade. Na minha loucura era como se o Antônio-eu do meu lado tivesse sinalizando o meu próprio fim, se eu tava vendo eu era porque eu tava indo desse mundo. Foi aí que o Diabo se apossou mesmo de mim e soprou no meu ouvido, não deixa não, não deixa ele te levar. Logo depois que atravessamos a ponte sobre o Paraibuna e antes de chegar em Levi Gasparian eu peguei uma estradinha de terra e entrei com o carro. O tal Antônio perguntou onde eu tava indo e eu disse que tava indo acertar uma conta com o passado, ele até perguntou se era uma namorada antiga e eu disse que não. Parei o carro quando a estrada passou num bambuzal e que parecia não ter viva alma nas cercanias. Falei pra ele descer. Eu peguei meu trinta e oito debaixo do banco, coloquei atrás da calça e desci. Chamei ele pra ver um riachinho que passava nos pés do bambuzal e aí eu disse que ia matar ele. Ai, seu delegado, não gosto nem de lembrar como o bichinho tremia e só falava não, não, não e pelamordedeus que não acabava e eu disse como que ele falava pelo amor de Deus se era o Diabo? O garoto chorava e eu dizia pra ele não chorar não, engole esse choro, seja homem e lembrava do meu pai falando assim comigo. Você não vê que você sou eu? Eu perguntava pra ele e ele só não, não, não. E aí me veio uma coisa na cabeça e eu disse pra ele: me beija! Vem, me dá um beijo na boca. O tal Antônio-eu deve ter mesmo achado que eu tava doido e deve ter pensado que se me desse um beijo talvez eu esquecesse de matar ele, porque ele veio e me deu um beijo. O que eu queria era saber como eu beijava, foi assim um desejo meio besta, mas foi o que eu quis saber. Se eu gostei? Não, de tanto chorar o beijo dele tava meio chocho, não gostei não. Foi aí que eu dei o primeiro tiro e ele caiu de frente na estrada, acho que pegou no peito dele, eu não vi. Ele tava paradinho e eu fiquei com pena de mim ali meio morto e dei mais dois tiros e empurrei ele pro meio do bambuzal junto com a mochila. Acho que o pessoal daquela fazenda deve ter ouvido os tiros e nessa altura já devem ter avisado a polícia de Levi Gasparian. O quê? O senhor recebeu comunicação deles? Não falei? Foi por isso que eu vim me entregar. O quê? Eu não me entreguei? Quem? A polícia rodoviária em Xerém? Eles me pararam? Ah, alguém da fazenda deve ter visto o carro, só pode. E essa delegacia aqui fica onde? Duque de Caxias? Nem acredito. Sabe seu delegado, eu só peço pra que o Deus ou o Diabo, seja lá quem mexeu no relógio do tempo celeste, já tenha se aquietado. Quando é que eu vou pra casa, seu delegado? O quê? Cadeia?

Como eu posso ser preso por ter matado eu mesmo, um eu mesmo que invadiu meu tempo pra vir me buscar. Eu é que fui mais esperto e busquei ele primeiro. Me matei para não morrer.

Jonas

Como bem discorreu Dostoiévski em *Notas do Subsolo*, a inteligência deveria ser um substrato para a consciência e orientadora da razão, embora isso não seja uma regra e nem sempre explique ações individuais, principalmente, se levarmos em conta a importância do meio e do ambiente sobre as pessoas. Essas ideias me passam pela cabeça quando me lembro do caso de Jonas, que confundiu desejo de vingança com necessidade de se defender. Ele se insinuou disponível para me conhecer muito cedo numa manhã quando eu saía de casa para comprar pão. Uma disponibilidade lasciva de cortesã na tristeza de uma enteada. Eu, na minha curiosidade luxuriante, aceitei o convite. Ele queria que eu comprasse sua companhia e eu comprei o seu tempo para saber a sua história.

Jonas morava com a avó em Cordovil. A mãe, separada do pai, deixou o garoto com a avó quando se casou de novo. O pai sumiu no mundo e deixou em Jonas uma ausência fundamental mascarada em ressentimento. A família encontrou na religião o amparo de muitas ausências. Jonas é um nome bíblico, orgulho para a avó e um fardo para o neto. Este, muito inteligente, foi um excelente aluno até pouco tempo atrás. Garoto alto, magro e bonito na sua pele marrom de Peri caboclo. Criança tímida, sempre gostou de andar pelo bairro quando a avó o mandava comprar alguma coisa no mercado. Sendo visto passou a ser conhecido na redondeza. Aos quinze anos talvez pudesse ter dito não, mas deixou escapar um sim para Roberto, um rapaz que morava na mesma rua, quatro anos mais velho, já com barba e cabelo no peito. O coração de Jonas, na busca ilusória da proteção paterna, venceu a razão e na batida do desejo se deixou seduzir por uma vontade sem conflito. Roberto era cativante, soube ser carinhoso e atencioso. Jonas gostou do beijo e da sacanagem que rolou. Se fosse numa aldeia perdida aquilo teria sido o rito de passagem do garoto para o grupo dos homens caçadores.

A avó e a mãe perceberam mudanças em Jonas, sua maneira de falar, de vestir, de usar o tempo livre da escola com novos amigos. A avó não gostava das novas companhias do neto, demonstrava isso, mas não conseguia prender o rapaz em casa. A mãe, distante, dizia que era da idade, relevava e financiava novos hábitos do filho: festinhas, baile funk, roupas, tênis, corte de cabelo. Jonas procurava acalmar a avó com argumentos morais buscados no conhecimento da religião, mas a avó sabia que é do homem trair suas ideias e palavras.

Uma vez franqueada sua vontade, Jonas deixou experimentar novos desejos adolescentes sem se preocupar no que tudo isso ia dar. Era suficientemente inteligente para manter um pé na razão e, pelo amor que tinha pela avó, soube resguardar interesses edificantes da tradição moral, como estudar para ser alguém e zelar por se manter honesto. Aprendeu que a boa aparência abria portas, mas que para isso precisava de recursos. Quando terminou o ensino médio ganhou da avó um celular smartphone. Queria ter dinheiro para sustentar sua vontade independente, sonhava ter sucesso na vida, embora soubesse que teria que começar por baixo. Com diploma Jonas procurou emprego e seu primeiro trabalho foi como vigilante noturno numa loja do Bob's Copacabana.

Não era grande coisa, mas era o início. Aquele Bob's era uma franquia que ficava aberta vinte e quatro horas e Jonas pegava das dez horas da noite às seis da manhã, assim podia continuar os estudos durante o dia. A clientela que frequentava o estabelecimento era diversa e variava nos diferentes períodos da noite. Até onze horas Jonas se sentia um peixe fora d'água, pois era quando os jovens classe média do bairro, pessoas bonitas e bem aparentadas, parecidas com gente da televisão frequentavam. Se sentia atraído por esse meio porque projetava naquela aparência o que ele entendia por sucesso, mas era depois das onze horas que identificava os peixes como ele, rapazes e moças do subúrbio que vinham viver a noite de Copacabana. Foi numa dessas noites que reconheceu entre os clientes o amigo Roberto acompanhado de outros rapazes. Por sorte coincidiu com sua meia hora de descanso e puderam conversar. Foi uma surpresa para os dois, Jonas disse que fazia poucas semanas que começara a trabalhar e Roberto disse que costumava passar ali quando vinha a Copacabana. Jonas perguntou o que Roberto fazia em Copa à noite e foi quando se inteirou do universo de devassidão que existia no bairro onde a prostituição acontecia de diversas maneiras, na rua, nos bares, boates e, cada dia mais, pela internet e pelo celular. Roberto passou a ele alguns sites de encontro e outros de sexo pelo Instagram e Facebook.

O celular é um vício. Há quem se consome em apostas, há quem passe horas na pornografia, gente que procura encontros que pouco satisfazem, ou seja, tudo que leva ao mundo lúdico do jogo em que perder gera cada vez mais vontade de ganhar. Com o celular que a avó havia lhe dado, Jonas foi se inteirando desse novo planeta. Já não era o garoto inocente do subúrbio. No trabalho conhecera o Guido com quem trepou e namorou durante um mês. O Guido era um veterano de Copacabana que falou novamente da fonte alternativa de dinheiro fazendo michê. Nas horas de pouco movimento da madrugada, Jonas entrava nos sites de encontros para homens. Era um horário de intenso movimento nos aplicativos, o que se tornava muito excitante. Apesar da vontade, Jonas não se dispunha ainda a agir nesse campo novo. Entretanto, o destino é implacável quando o desejo é maior que a razão.

Quatro meses depois que começou a trabalhar, não recebeu o salário no dia certo, em vez disso a gerente explicou que o patrão estava passando por dificuldades financeiras porque tinha prazos para quitação de dívidas no mercado. O que ganhava não era muito, mas dava para ajudar um pouco em casa e garantir sem excessos sua rotina de vida. Foi quando a necessidade veio e, como já dizia Platão, a necessidade é a mãe da criatividade e, no caso de Jonas, a mãe da vontade e do tesão. Estava pouco habituado àquela libertinagem de Copacabana, porém, uma vez aberto ao desejo, a própria dinâmica do bairro te alcança. Sua primeira experiência foi numa madrugada em que ia para o ponto de ônibus e foi abordado por um homem na casa dos quarenta anos. Foi tudo muito rápido, o sujeito morava perto e levou Jonas para seu apartamento, Jonas estava ansioso e deixou que o outro se satisfizesse sem muita atuação da sua parte. Entretanto, rendeu-lhe cem reais que alimentaram seu interesse por novos encontros.

O trottoir em Copacabana não era como em outros tempos, cada vez mais a prostituição ganhava espaços virtuais na internet. Jonas se deu o nome de Vitor para encontros online. Ganhava muita cantada de homens mais velhos e isso satisfazia fantasias por não ter um companheiro que suprisse sua necessidade de proteção. Logo, com aquele dinheiro, já consegue um adicional razoável ao seu ordenado. Um dia conhece um coroa no site de encontros e o sujeito quer que ele vá ao seu apartamento. Jonas diz que cobra cento e cinquenta reais e que sai do trabalho às cinco e meia da manhã podendo estar lá um pouco antes das seis horas. O sujeito concorda.

Jonas chega ao apartamento do sujeito na hora combinada. Às vezes a libertinagem dos serviços eróticos pode cair na vulgaridade: sujeira, bizarria ou mesmo o desconforto do descompasso entre os parceiros. Jonas não gostou do sujeito, de bota militar e calção de banho, nem do apartamento, cheio de santos e terços na parede. Sabia que para receber a propina tinha que satisfazer o cliente. O coroa disse que queria chupar o pau de Jonas enquanto ele se masturbava e que gozassem juntos. Não parecia difícil nem um mau negócio.

Imediatamente depois de gozar o sujeito pareceu atrozmente enojado. Estava de joelhos e demorou a ficar em pé. O coroa parecia outra pessoa, uma pessoa perturbada. Perguntou se Jonas não tinha vergonha de fazer aquelas sem-vergonhices, de vir na casa de um pobre velho e levá-lo a pecar contra a castidade. Jonas começou a ficar receoso daquele comportamento totalmente fora de sintonia. O homem continuou a falar e perguntou se ele tinha vindo só pelo dinheiro. Jonas disse que sim, que era o que tinham combinado. Imediatamente, o sujeito se virou, abriu a gaveta de um aparador, sacou um revólver que apontou para Jonas e começou a falar que não ia pagar nada, mandou que se vestisse e saísse em seguida do apartamento. Foi um momento de pavor para o rapaz que saiu às pressas do prédio e na rua tremia e sentia vontade de chorar. Tinha ido muito baixo naquela história. Que estupidez!

Ao chegar em casa Jonas tomou um banho e trancou-se no quarto. Chorou sozinho sua dor. O sofrimento de Jonas não o deixava dormir, tremia enquanto a consciência andava em círculos entre a vontade de se vingar e a necessidade de se proteger, uma vez que agora o mundo se mostrava nu e cru para ele. O que aconteceu foi como uma chicotada para acordá-lo do sonho de uma vida boa e de ser alguém. Um delírio a mais dentro desse mundo cão. Sabia que o desejo de vingança contradizia seus princípios racionais e que podia prejudicá-lo. Sabia também que a vontade, mais cedo ou mais tarde, cederia à volúpia. Mas decidira que daqui para frente se protegeria de surpresas desagradáveis como a que ocorrera. Comprou um canivete automático de uso militar com cabo de madeira e passou a andar com ele na mochila.

Dois meses depois Jonas foi dispensado do trabalho com a alegação de contingência de gastos. Para a avó e a mãe Jonas continuava trabalhando a noite em Copacabana. O que elas não sabiam era o tipo de trabalho que ele fazia. Paguei pela história e dispensei outros trabalhos. O garoto de Cordovil virara caçador, um homem caçador de homens.

O tiro

Antônio Spinelli, depois de quatro anos trabalhando numa missão de paz das Nações Unidas em Angola voltou para o Rio de Janeiro. Havia enfrentado situações de penúria e conflitos armados durante a guerra civil. Na insônia das noites de calor e umidade nas florestas do Kwanza sonhava com o mar e o sol carioca. A luta ainda acontecia na periferia de uma Luanda vazia ao toque de recolher e ele mal dormia sob o céu cortado pelas luzes e zumbido das bazucas. Nos dias de folga, num devaneio, passava longas horas a olhar o mar que separava o sonho de lá da realidade de cá.

Numa madrugada de janeiro Antônio desembarcou no Galeão. Preencheu a ficha num hotel barato do Catete e, como disseram que o quarto só estaria vago após o meio-dia, deixou sua bagagem na recepção e foi caminhar pelo Aterro. Era cedo ainda. Sentou-se num quiosque, pediu um guaraná Antártica e ficou a vaguear pensamentos onde a memória se revelava menos definida à medida que sonhava projetos futuros.

O futuro era menos imponderável que nos tempos de juventude como se tivesse adquirido solidez, fizera um bom pé-de-meia em Angola. Comprou um pequeno apartamento no Catete e retomou seu posto de professor no Colégio Pedro II. Saía à noite para tomar um copo, esperando fazer amigos para lhes contar das viagens. Voltava sempre sozinho para casa, sentindo que perdia, aos poucos, seu talento para conhecer pessoas. Não se dava bem com a maior parte da família e alguns chegavam até a ignorá-lo no corre-corre da vida.

Num dia ameno de junho, Antônio foi almoçar com seus pais no árabe da Galeria Condor do Largo do Machado. O pai se lembrou que precisava comprar uma ferramenta no centro da cidade. À noite eles voltariam para Minas. Para amenizar uma rotina de desejos adormecidos, Antônio sugeriu à mãe irem ver *Razão e Sensibilidade*, filme baseado no romance de Jane Austen, na sessão das duas horas no Cinema 1, em Copacabana. A mãe, na obsessão de si, quis passar em casa, consumindo bons minutos da ansiedade do filho.

O apartamento de Antônio não era longe do ponto de ônibus na Praia do Flamengo. Apressaram o passo e ele disse à mãe:

– Tomara que passe o 433, porque vai direto à Copacabana pelo Aterro.

Coincidentemente, o 433 estava chegando. Sua mãe lembrou-se da prerrogativa para idosos:

– Vou entrar pela frente.

Antônio, feliz com a visita dos pais e mais feliz ainda com a perspectiva da sua partida, foi pela porta traseira. Assim que embarcou, o ônibus arrancou. O fio da existência é tecido pelos segundos que decidem sobre a vida e a morte. A porta do veículo fechou e Antônio se viu naquela gaiola de proteção em torno do trocador. Demorou um pouco a pagar, antes de passar pela roleta, porque tinha sacado dinheiro no caixa eletrônico e tentava pinçar no bolso uma única nota de dez reais. O atrevimento de viver ainda despertava nele o instinto da percepção fractal dos insetos. Ainda na roleta observou, sem dar importância, que no banco contíguo à sua direita havia um sujeito que se levantava de frente para ele e enfiava a mão dentro de uma pasta de couro que estava sobre o banco. Relembrou num átimo imagens de guerra, quando a mínima ordem dos segundos pode ser imprevisível.

Noutro lampejo, enquanto entregava os dez reais, reparou que, no banco atrás do trocador, dois rapazes se levantaram apressados. Antônio empurrou a roleta com a bunda enquanto esperava o troco. Talvez estivesse guiado pela sabedoria dos seus antepassados porque no segundo seguinte não viu mais nada separadamente: os rapazes às suas costas, o som de dois ou três tiros rompendo o ar, muitos gritos enquanto o motorista jogava o carro para cima do canteiro e batia num poste. Antônio conseguiu distinguir o sujeito da bolsa de couro com um revólver na mão e um dos garotos caído no chão do corredor. Não entendia o que estava acontecendo até que o ar parado da tarde se recompôs num silêncio como no início de um espetáculo de teatro.

As pessoas tentavam sair correndo do ônibus e ele pensou em sua mãe. De repente olhou para si e viu a roupa toda suja de sangue. De onde viria aquele sangue? A mão esquerda estava vermelha e, ao levantá-la percebeu um buraco por onde escorria espesso líquido vermelho. Com o dedo indicador da mão direita tapou o buraco que sangrava. O ônibus estava parado. Ainda havia no ar alguns trechos de gritos e gemidos surdos. Antônio, apertando o buraco da mão, olhou para frente e viu sua mãe abaixada atrás de um banco. Teve medo de que tivesse sido atingida e gritou:

– Mãe!

Ela se levantou assustada, ele correu, segurou-a pelo braço e puxou-a para saírem dali rápido. Na calçada os poucos passageiros se aglomeravam com transeuntes curiosos. Em meio ao burburinho de alguns, nenhuma palavra conseguia expressar um passado que ainda não era recordação. O transtornado motorista olhava a sombra de alguns policiais da guarita próxima que chegavam correndo. Antônio falou com sua mãe:

– Fiquei com medo quando te vi no chão.

A mãe parecia não ver o sangue na roupa do filho nem na mão que sujava seu vestido.

– O motorista gritou para todo mundo ir para o chão. Eu me agachei.

– Eu levei um tiro, mãe!

Talvez por estar o filho vivo ao seu lado, a mãe não demonstrou medo nem tão pouco iniciativa. Antônio mostrou a mão esquerda de onde não tirava o dedo indicador direito que comprimia o buraco da bala.

– Precisamos ir para um hospital!

Um carro da Polícia Militar chegou e parou em frente ao ônibus que continuava sobre o acostamento. Três policiais desceram da viatura, dois homens e uma mulher. A mãe imbuída de coragem, numa simplicidade provinciana de leoa abordou a policial:

– Meu filho levou um tiro aí dentro e precisa ir para um hospital, por favor, vocês estão com esse carro e peço para nos levar.

Palavra de mãe tem poder! Já no banco de trás da viatura policial, Antônio lembrou-se do Hospital Municipal Rocha Maia. Durante todo o trajeto não soltou o dedo compressor. Como numa volta à infância do filho a mãe perguntou se estava doendo. Ele disse que não, então ela, esquecida daquela ternura, comentou baixinho:

– É a primeira vez que ando num carro de polícia.

Antônio deu um sorriso imprevisto relembrando fragmentos de meninice e deu um beijo na face da mãe.

O pessoal do hospital foi muito atencioso, pediram para Antônio tirar o dedo que comprimia a ferida e ele obedeceu receoso, mas felizmente o ferimento já não sangrava. Fizeram um Raio-X e verificou-se que havia um projétil alojado dentro da sua mão, precisaria de uma retirada cirúrgica, mas não havia urgência. Fizeram um curativo e indicaram um serviço especializado.

Na sequência, como havia sido recomendado, Antônio e sua mãe pegaram um táxi para a delegacia do Catete, onde o caso tinha sido encaminhado. Foi a delegada Júlia quem contou que os dois garotos haviam roubado um relógio de outro garoto, que o sujeito que atirou era um policial à paisana que viajava no veículo e que um dos garotos tinha sido baleado no abdome e foi encaminhado para a emergência do Hospital Souza Aguiar.

A delegacia do Catete é um prédio antigo, provavelmente dos anos 40, e ainda preserva o pé direito alto.

Infelizmente, seu lamentável estado de conservação não permite nenhuma apreciação de pisos, janelas, portas e azulejos. Os poucos móveis parecem conviver com os computadores num estado de uso que põe em dúvida se os profissionais que os utilizam realmente amam o que fazem.

O depoimento de Antônio foi sucinto: não sabia de nada, foi ferido sem perceber quem atirou ou mesmo o que motivou o tiroteio. Tinha sido o único passageiro ferido no episódio. Um dos garotos estava algemado na mesma sala em que ele (uns dezessete ou dezoito anos, moreno, bermuda de tactel, camiseta regata e sandália havaiana). Qual seria a reação da mãe do rapaz ao saber da sua prisão? Seria jovem ou velha? Recordaria as travessuras do filho? Sofreria com sua atitude, seria sua cúmplice, mais uma vítima ou ficaria com raiva da infidelidade do filho ao seu amor de mãe? Antônio pensou nas mães como seres imbuídos de bondade e maldade como a natureza, que tanto protege quanto destrói.

Já eram cinco horas da tarde e Antônio estava cansado. A viagem dos pais de retorno a Minas foi adiada e os dias anteriores à cirurgia para retirada da bala foram de tédio e agonia. Numa sexta-feira pela manhã, meio anestesiado ou desatento, soube que o projétil que atingira sua mão tinha sido um ricochete. Os médicos disseram que fora sorte e ele agradeceu aos seus antepassados por não ter rompido o tendão.

Saiu do hospital exibindo cinco pontos da cirurgia e uma bela atadura. Ele e os pais foram almoçar novamente no árabe do Largo do Machado e, desta feita, voltaram direto para o apartamento. À noite sua mãe beijou-lhe as duas faces, abençoou-o lembrando com saudade o melhor do passado, seu pai abraçou-o numa distância afetuosa e discretamente protetora. Chamaram um táxi, se perdoaram mutuamente sem palavras, como se perdoa o amor que nos faz penar.

De noite na cama pensou no tiro, na possibilidade de morrer, na transitoriedade e impermanência das coisas e da própria vida, mas dormiu pensando no amor.

O dia seguinte, um sábado, Antônio foi a Botafogo encorajado pela vontade de viver. Premeditadamente, usou da mão enfaixada para chamar atenção e dar sentido às suas histórias. Porém, aconteceu algo tão imprevisível como o tiro que levara: ele viu uma pessoa. Viu-a de longe e lembrou-se do terno sentimento quando viu Kaiombo pela primeira vez no Malange, em Angola. Se comoveu com o sorriso quase imperceptível de Miguel ao perguntar o que acontecera com ele. Antônio disse que fora um tiro e ele perguntou, como sua mãe, se doera. Antônio suspirou como um sentenciado e se deixou naufragar naqueles olhos de mel. Quando despertou era como se tivesse sido enfeitiçado e se deu conta que o amor no seu mais doce tormento atingira-o tão inesperadamente quanto o tiro.

Mulheres passageiras

Roberto comemorou seus dezoito anos com uma reunião de parentes e amigos no apartamento onde morava com os pais no bairro do Gutierrez. Nada de mais, música na vitrola, conversa mole, Cuba Libre, refrigerante e um bolo. Ninguém dançou. Ele estava feliz porque a Cris tinha vindo e, se tomasse coragem, ia pedir para namorar naquela noite. Mas o destino quis diferente e vou contar o que aconteceu.

Às dez horas cantamos parabéns, comemos bolo. Às dez e quinze, os tios começaram a se dispersar e a Cris acabou pegando carona com um deles sem ter sido pedida em namoro. Às onze e meia da noite estávamos num resto de conversa na sala. Éramos só eu, o Roberto, o Zé Henrique, colega de cursinho do Roberto, e o Manuel, um primo do interior que estava em Belo Horizonte para fazer vestibular.

– Que tal se saíssemos para tomar uma cerveja e comemorar a maioridade do Roberto? – sugeriu o Manuel, escolado na vida de homem do interior.

Eu, Roberto e Zé Henrique, garotos classe média numa ditadura militar a engatinhar, olhamos um para o outro, hesitantes, como se estivéssemos escolhendo um filme pelo jornal. Não tínhamos o hábito da vida noturna, mas nas circunstâncias que vivíamos, tínhamos imensa curiosidade. O pai do Roberto incentivou-nos com recomendação de não nos metermos com a polícia e de não chegarmos muito tarde, embora não especificasse o que era tarde. Já na rua, o Manuel nos liderava deixando de lado o bom moço para dar lugar ao Manuel escolado na vida noturna de Divinópolis. Era começo de primavera, a bruma deitava uma luminosidade leitosa sobre o asfalto e, os ipês-rosas de Belo Horizonte tomavam ar de pintura impressionista. Sentíamo-nos como quatro personagens *Nouvelle Vague* nadando livres no ar puro de Beagá. Naquela época ainda não sabíamos que os bares e restaurantes da boemia belo-horizontina ficavam no centro da cidade, principalmente no Edifício Maletta. Mas o Manuel sabia não só o que queria como aonde ir.

– Conheço um lugar aqui perto e dá para irmos a pé. Vamos lá tomar umas cervejas.

Já era perto da meia noite, o Manuel parecia saber aonde íamos e nós o seguíamos como pintinhos à galinha. As ruas estavam vazias e a noite linda. A falta de pessoas dava um toque de mistério na atmosfera que nos rodeava. Andamos até a Avenida Amazonas onde, vez ou outra, passava um carro e muito raramente algum ônibus. Começamos a subir a avenida na direção do Bairro da Barroca.

– Vamos numa zona – nos confidenciou o Manuel –, não é uma grande coisa, mas quebra o galho. Me contaram que a zona boa de Beagá, onde vão os que têm dinheiro, fica para os lados da Avenida Assis Chateaubriand, na Floresta. Um sobrado chique com mulheres caras. Não é para o nosso bico.

Éramos como passarinhos querendo voar, com sonho de céu e medo de saltar do ninho. Se não fosse malvisto tínhamos pegado na mão um do outro de tanta insegurança e receio do desconhecido. O Roberto nem se lembrava mais da Cris. Passamos em frente ao Cine Amazonas e vimos o cartaz anunciando um filme chamado *Eu mulher*, dinamarquês.

– Esse filme é que nem na zona, só para maiores de dezoito, mas como vocês são altos, os porteiros deixam entrar. É cheio de mulher pelada no filme. Eu já assisti – disse o Manuel.

Andamos mais um quarteirão e chegamos em frente a uma porta preta varada num enorme muro pintado de verde. Não havia janelas e nada que lembrasse um bar ou algo semelhante. O Manuel disse que era uma zona antiga e que sobrevivia ao governo militar. Nós nem sabíamos o que era uma zona. Ele bateu na porta e um sujeito enorme abriu e olhou para nós.

– Vamos entrar – o Manuel falou com segurança.

– São de maior? – perguntou o sujeito.

– Somos. Esse aqui completou dezoito hoje e vamos comemorar – o Manuel falou sorrindo e apontando o Roberto.

O sujeito também deu um sorriso e deixou-nos entrar, não pediu documento de ninguém. Entramos por um pequeno corredor mal iluminado até uma cortina de tiras de plástico coloridas que dava acesso a um salão onde havia umas quatro mesas dobráveis de metal, daquelas patrocinadas por alguma fábrica de cerveja com cadeiras também dobráveis do mesmo material. As mesas estavam cobertas por toalhas plásticas aos quadrados verde e branco. Na parede oposta à entrada havia o lugar destinado para servir as bebidas e poucas opções de petiscos como batata frita, amendoim e coxinha. O balcão era ladeado por duas portas também com cortinas de tiras de plástico que levavam até alguns quartos para encontros privativos. Atrás do balcão tubos de neon vermelho escreviam a palavra *Paradise* em voluptuosas letras.

Manuel pediu uma cerveja e quatro copos. Era como um excêntrico cenário de cinema. As mesas estavam ocupadas por homens de variadas idades bebendo com ar soturno, a maioria com jeito de trabalhador, alguns de boné, uns de barba. Nossa entrada gerou curiosidade. A música de fundo era *Como Vai Você* do Roberto Carlos e o ambiente não parecia alegre como se esperava de um bar. Três mulheres bebiam cerveja sentadas com clientes e outras quatro ou cinco circulavam sorridentes pelo salão procurando puxar conversa, forçar o consumo de bebidas e conquistar algum cliente. Eram mulheres simples, a maioria com o feitio ainda viçoso da juventude, trajando saias curtas e blusas largas que permitiam apreciar os seios livres, tinham gestos que pareciam estudados porque repetidos. Pairava no ar um cheiro a perfume barato e talco Cashmere Bouquet. Um rapaz com camiseta e calça bem justa surgiu através da cortina de tiras de uma das portas, entrou no salão com sorriso nos lábios e, cantarolando a música do Roberto Carlos, se dirigiu para uma das mesas onde estava um homem de meia idade bem aparentado e se beijaram. Ante nossa cara de surpresa, duas perturbadoras garotas se aproximaram do nosso grupo junto ao balcão. Foi justo quando a música mudou para *Esperanças Perdidas* dos Originais do Samba.

Marli e Zilda se apresentaram e perguntaram se podiam tomar uma cervejinha conosco. O Manuel, despachado, nos apresentou e logo pediu mais uma cerveja e dois copos. Elas riam.

– Só ele que fala? – perguntou a Zilda.

Fizemos que sim com a cabeça. Meu coração batia meio descompassado, eu ainda tropeçava nas pedras do caminho para o sexo, que era para mim um mistério além da masturbação. O contato físico com outra pessoa me era desconhecido e aquela situação começava a mexer comigo e, num misto de tensão e medo, suava nas axilas e aumentava o medo do fracasso. Pelo jeito, Roberto e Zé Henrique também não se sentiam à vontade. O despojamento do Manuel, que a essa altura já passava o braço pela cintura da Marli, nos fazia tropeçar ainda mais nas palavras como marinheiros de primeira viagem. Ele falava baixinho no ouvido dela, que ria feliz. Não demorou muito para o Manuel dizer que ia lá para dentro com a Marli. Combinou que nos encontrássemos mais tarde no bar para irmos embora juntos.

– Você é daqui mesmo? – perguntei para a Zilda, sem saber o que dizer, e coloquei mais um pouco de cerveja no seu copo.

– Não, sou de Bocaiuva. Conhece?

Nenhum de nós conhecia. Foram cinco minutos de inquérito com perguntas cretinas de garotos classe média zona sul, perguntamos quanto tempo ela estava em Beagá e o que ela fazia. Nem a cerveja parecia poder salvar a incontestável catástrofe daquela conversa. Logo, percebendo o deserto à sua frente, a Zilda se despediu com um sorriso como se estivesse rindo para um grupo de crianças que brincavam na pracinha. Estava claro entre nós que, além do Manuel, ninguém mais estava disposto a seguir acompanhado para os quartos privativos. Praticamente de costas para o salão, conversamos sobre o vestibular, a ilegalidade da nossa situação de menores de idade – eu e o Zé Henrique – e um ou outro comentário aleatório sobre o *Paradise*. Não tínhamos compreensão daquela realidade, nossa vivência pequeno-burguesa e uma subjetividade moralizante reforçavam em nós uma consciência de segredo e culpa, que procurávamos negar. Por outro lado, aquela experiência me ajudava a perceber que eu não tinha sequer a consciência de mim mesmo.

A realidade inescapável do *Paradise* se diluía na pouca iluminação, escondendo seu ar decadente sob o efeito de uma luz negra pendurada ao teto e próximo à caixa de som de onde saía a voz de Waldick Soriano cantando *Eu Não Sou Cachorro Não*. Para quebrar o clima que se abateu sobre nós, se apegando em rudimentares valores acadêmicos recém-adquiridos na faculdade, o Zé Henrique fez uma apreciação intelectual a respeito do papel da zona como lugar de resistência numa sociedade rural, patriarcal, arcaica e repressora como a nossa, principalmente sob regime militar. Comentou rindo que aqueles homens eram terroristas contra a moral burguesa e as mulheres heroínas da revolução. Roberto, como bom católico mineiro, não gostou muito da ponderação do

Zé, mas depois de cinco copos de cerveja, não conseguia articular sua consciência um tanto difusa. Eu me divertia observando como a aparência de nossa existência intelectual se fazia distorcida naquele ambiente. Eu começava a compreender que existia um mundo que eu não conhecia e que me restava a expectativa de que para vivê-lo devia embarcar numa viagem mágica. E lembrei-me da beleza da resposta da Zilda quando eu perguntei o que ela fazia em Beagá e ela respondeu:

– Aqui somos todas mulheres passageiras.

Meia hora depois, o Manuel voltou sem a Marli, mas com imenso sorriso na cara e uma mancha de batom na bochecha direita. Roberto, talvez numa nostalgia da Cris, a noiva que ainda não era nem namorada, sugeriu irmos embora e todos concordamos. Voltamos em silêncio pelo mesmo caminho através da noite ventosa e vazia de Belo Horizonte até o Gutierrez. Uma semana depois, sem ainda entender o futuro promissor que nos aguardava, ficamos sabendo que o Manuel estava tratando de uma baita gonorreia que pegou na zona.

Bairro Peixoto

Morar em Copacabana era o sonho de minha mãe. Quando sua Tia Matilde engravidou, ela veio de Caxambu para fazer companhia e ajudar em casa. Foi um tempo de alegrias para aquela jovem do interior. Seus tios moravam no Méier e minha mãe contava que tomavam o bonde até o Largo de São Francisco onde baldeavam para outro bonde até Copacabana. Ah, Copacabana, o bairro da moda, das lojas finas, do mar azul, das areias brancas coloridas por barracas de sol e noites de néon. Os prédios, as pessoas, as roupas, o ar, o cheiro das lojas e da maresia, tudo alimentava as lembranças futuras de mamãe.

Os sonhos de minha mãe... como não falar deles! Fui amamentado na turbulência dos seus devaneios e foi assim que aprendi cedo a sobreviver a sonhos alheios. A impressão que tenho é que minha mãe ao pensar sonhava. Tecia a realidade com os fios do pensamento embaraçados na rede da imaginação. Ainda noiva em Minas Gerais convenceu meu pai que um dia iriam morar em Copacabana e ele conseguiu emprego na companhia telefônica do Rio de Janeiro. Nasci no Engenho Novo nove meses depois do casamento. Nove meses em que a cidade grande, o casamento e a gravidez se faziam reais e mais doíam que alegravam. A mãe enredava-se numa existência que parecia definitiva, cravada em vidas antepassadas. Como enfrentar tudo isso sem sonhar?

A mãe parecia presa no passado ao contar episódios de um tempo dourado de sonho, ia tecendo desejos em planos de futuro. Minha mãe ensinou-me a sonhar e fabular para abrir as portas da vontade. Desde que dominei a palavra, já inventava realidades criando narrativas mirabolantes para ver o sorriso da mãe e, com minhas histórias tentava explicar o mundo, de fora e de dentro de mim mesmo. Eu a compreendia e aprendi que sonhos acordam vontades que acabam se realizando. Um dia fomos morar para Copacabana.

A primeira memória que tenho é do Bairro Peixoto. Uma lembrança que nasce em preto e branco por meio das fotografias do álbum de retratos. Eu tinha três anos de idade quando meu pai alugou um pequeno apartamento na Rua Maestro Francisco Braga. Eu sou o garoto sorridente e de olhar maroto, cheio de curiosidade, cabelo à Príncipe Danilo com as mãos nos bolsos da calça curta de linho branco, meia três quartos e sapatos de duas cores. A calçada de pedras portuguesas, os canteiros de flores junto aos edifícios de três ou quatro pavimentos, um ou outro carro estacionado junto à calçada e a pracinha Edmundo Bittencourt com suas carrocinhas puxadas a bode. São as fotografias que dão corpo à minha imaginação do que tenha sido o Bairro Peixoto em branco e preto. Por mais que queira não consigo dar cor aos nomes. Ali foi o início daquilo que me tornaria.

O Bairro Peixoto era um enclave residencial em Copacabana, um bairro sem comércio fora das vias principais e, por isso, mais acessível. Meu pai procurava agradar minha mãe, pois com certeza a amava. Mas o amor para minha mãe doía, o casamento aprisionou sua natureza – até que a morte os separe – como uma guilhotina prestes a desabar. Por isso, volta e meia ela voava na imaginação as recordações da Copacabana de quando morava com seus tios no Méier. A realidade da Copacabana a partir do Bairro Peixoto não foi sua redenção. Marido, filho, cozinha e tanque destraçaram caminhos e a aproximaram do sofrimento. Parece que sua vontade havia sido arrancada e não conseguia modificar seus desejos. A apatia de minha mãe entristecia meu pai, um homem honesto que não entendia o que se passava e nem se consentia em entender.

De todos os sentidos, o olfato é o que me vem à cabeça quando penso em Copacabana, o cheiro à maresia se mistura ao cheiro da areia, dos óleos de bronzear, da prancha de isopor, do Chicabon, dos suores e da pipoca da minha infância. Nos dias que minha mãe estava mais alegre ela me vestia, me tomava pela mão e levava para conhecer o cheiro do mundo em Copacabana. O mundo era a Loja Americana e a Casa Slopper, andar pela Nossa Senhora de Copacabana e comer esfiha na Baalbeck da Galeria Menescal. Nesses dias, quando minha mãe era solar, íamos à praia. Uma foto mostra o menino magrelo com os pés na água de ondas rasteiras, noutra estão eu e ela de maiô, nós dois sentados na areia sob a barraca. Ah, como era *chic* Copacabana!

Numa dessas fotografias estamos eu, minha mãe e tia Lia. Uma noite meu pai chegou do trabalho e encontrou minha mãe deitada, indolente. Estávamos sem almoço e eu imundo com ela na cama. Foi o início de um caminho que levaria minha mãe para longe. O médico disse que ela precisava de repouso e meu pai pediu que tia Lia viesse ficar conosco até minha mãe melhorar. Na verdade, minha mãe descobrira que estava grávida da minha irmã e daí sua apatia e repugnância por aquele estado. Talvez eu ainda existisse na Copacabana dos seus sonhos, mas fora isso, acho que ela nunca quis ter outro filho. Tia Lia acabou ficando conosco por quase cinco anos e foi quem cuidou de mim e de minha irmã neste período. A depressão de minha mãe depois do parto cobriu de bruma seu pensamento e seus sonhos. Esse estado se prolongou por meses e a medicação prescrita deixava-a mais gorda e inexpressiva, a sair do mundo dos fatos para entrar no das desilusões, onde provavelmente a realidade adquire sua forma mais secreta.

Minha irmã nunca conheceu a mãe que eu tive um dia, entretanto ela veio reforçar a arte da minha sobrevivência. Agora eu e minha irmã partilhamos realidade e imaginação. O espaço que antes eu ocupava sozinho, agora era onde nós tínhamos que lidar com a mãe que nasceu depois daquele parto, uma mãe astronauta que nos falava de mundos estelares cheios de sentimentos contraditórios, uma mãe cujo sorriso era uma súplica, para quem o desejo e a vontade eram uma doce tortura. Uma vez ela me disse que já não conseguia amar porque um dia tinha sido feliz noutra vida. A nostalgia é lenha que arde e consome lentamente a alma. Minha mãe não se envergonhava de chorar. Eu e minha irmã enxugávamos as lágrimas que pareciam nos punir com a tristeza da solidão, a solidão que nos víamos ante o seu sofrimento.

Eu e minha irmã inevitavelmente crescemos no Bairro Peixoto e naquela família. Inevitavelmente fomos tocados pela aura da mãe. As fotos do álbum de retratos da família só vão até eu ter uns oito anos de idade, imagens posteriores são raras. Uma fotografia mostra minha irmã e eu meio tímidos numa carrocinha puxada por cabras na Praça Edmundo Bittencourt, noutra eu estou mais sério e de uniforme de colégio segurando uma pasta com a alça de uma merendeira atravessada no peito. Meu pai quase não aparece nas fotos e, na vida foi sumindo à medida que assumia mais tarefas. Fomos todos envelhecendo ao mesmo tempo. Aprendi a caminhar sozinho pelo bairro, depois foi a vez da minha irmã. A tristeza da mãe já não nos prendia, ela sabia disso e não se queixava. Eu também aprendi a não me queixar e esperar que a vida e Copacabana revelassem por si mesmas as coisas belas do infortúnio.

O que move uma pessoa a questionar sua existência não é exatamente saber de onde veio, mas para onde vai. É impossível mudar o que passou. O que passou não passa de pensamento, instâncias do imaginário. O passado é uma imagem projetada, não a real. O real é o presente, portanto nada mais fugaz que o real das coisas. Talvez a vida seja pura nostalgia onde o passado e o futuro só se realizam pela palavra. É ela que dá forma ao imaginário, pois o início de tudo é o verbo.

Minha mãe era uma desviante, o mundo regido por uma certa normalidade lhe causava estranheza e lhe restava somente a sensação do passado, quando sua alegria escondia uma dor insuportável. Trago do seu convívio o aprendizado das entrelinhas da vida. Numa manhã de primavera minha mãe tomou um excesso de pílulas de felicidade. Já não ouvia seu nome quando a chamávamos. Nos deu um sorriso tímido e, quando a palavra e o espírito lhe foram tirados, embarcou na balsa de Caronte para a travessia do Hades. Me deixou o medo e o vazio que uma separação provoca.

Toda separação tem seu luto e foi nesse processo que, como um náufrago se agarra a uma corda, procurei uma oficina literária. Quanto mais escrevemos e reescrevemos nossas lembranças parece que se amplia a compreensão da nossa história e suas circunstâncias, num processo de retroalimentação. Preciso contar e recontar muitas vezes, construir e desconstruir história para, só então, ser o escritor que reencontra a palavra para construir sua narrativa a partir de si. A palavra ao mesmo tempo dá sentido ao que passou e possibilita contar novas histórias. A arte realiza o imaginário.

O jogador de basquete

Era mesmo de chamar a atenção. Foi a primeira pessoa que vi quando entrei no ônibus e não foi nenhuma surpresa quando me contou que era jogador de basquete. Meu assento era logo na entrada ao lado da porta do ônibus e o lugar ao lado do meu estava desocupado. O sujeito estava sentado logo atrás, no outro lado do corredor, uma fileira subsequente à minha, de forma que se eu olhasse para o lado esquerdo com a cabeça um pouco inclinada dava de cara com ele que não escondia saber que era visto. Um rosto jovem, pálido, um olhar natural entre curioso e espantado. Era um homem na tenra idade, robusto e vestia um macacão de brim azulado, daqueles usados por trabalhadores de limpeza, aberto até o meio da barriga deixando entrever o peito cabeludo. A mulher sentada ao seu lado parecia incomodada na sua pequenez, pois o encosto da poltrona ao lado batia na nuca daquele jovem de ombros largos enquanto seus joelhos espremiam o encosto da frente. A tez pálida deixava sobressair uma barba por fazer e grossas sobrancelhas, os cabelos escuros na altura da orelha molduravam um nariz e uma boca carnuda bem desenhados. Quando eu olhava para ele, duas pupilas escuras no fundo dos olhos forçavam seus lábios se abrirem numa espécie de sorriso. Eu pensava: lábios de safadeza. Nós dois estávamos com fones de *walkman* e eu não sabia se ele sorria por isso. Coloquei minha bolsa no guarda bagagem acima das poltronas e me sentei.

O ônibus da Viação Cometa vinha de Ribeirão Preto com destino ao Rio de Janeiro. Era um daqueles paradores e eu tomei assento em Santa Rita. Quando o ônibus saiu da cidade, retomou a rodovia como se a estrada fosse um caminho cujo destino eu só saberia quando chegasse. Me ajeitei no assento e dei uma olhada para trás. O sujeito tinha um ar de sacana e aquilo me excitava, prometia. Era como se fôssemos dois intrusos, duas colagens que destoavam na imagem austera dos outros passageiros. Poucos minutos depois, aquele homenzarrão tocou meu ombro e perguntou se podia sentar na poltrona vazia ao meu lado para poder acomodar melhor as pernas. Tinha o cheiro adocicado do suor dos atletas. Logo que se acomodou quis saber o que eu ouvia no meu *walkman*. Eu disse que era a Adriana Calcanhoto, ele tirou um dos fones e antes mesmo de me oferecer para colocar no ouvido já dava para escutar um som pauleira. Iron Maiden, ele disse. Desliguei meu aparelho e disse meu nome, ele fez o mesmo. Foi quando disse numa voz rascante que tinha tomado o ônibus em Mogi Guaçu, que jogara basquete no time local e agora, sem contrato, voltava para o Rio. A história parecia estar sendo tecida sobre um pano branco. Eu era o pano branco e me deixava levar pela fantasia de uma abordagem que eu traduzia numa obscenidade que provocava um intumescimento visível da minha virilha esquerda resguardada por mãos em quase uma prece.

A viagem inteira se passou assim. Ele tecendo uma história de vida e eu fantasiando safadeza. Uma conversa mole, discreta e lasciva ao mesmo tempo, sem maiores ousadias que um tesão disfarçado por mãos recatadas e, durante intervalos de falsas sonecas, achegos esporádicos de pernas e braços. Vez ou outra eu fazia certo esforço para ouvir trechos do seu *walkman*. Contou que morava em Copacabana e era filho adotivo de pais idosos. Não se dava com o pai, embora tivesse sido quem o incentivou e o levou à prática do basquete. Na parada do ônibus em Resende o jogador de basquete não foi ao banheiro, oportunidade perdida para conferir seu interesse carnal. Não comeu nem bebeu nada, ficou em pé na plataforma. O tamanho da pessoa não punha dúvidas de realmente ser um praticante da bola ao cesto.

Nas duas horas restantes da viagem o jogador de basquete falou sobre seu esporte, segurando seu *walkman* que, naquela mão de gigante parecia mais uma caixa de fósforos. Eu pensava se o seu pau seria como os dedos ou como o *walkman*. Eu tentava fechar os olhos sem conseguir dormir sentindo o cheiro de seu suor de atleta, deixando que meu joelho encostasse no seu, que me parecia responder ao toque. Descemos a Serra das Araras fingindo dormir enquanto nossos corpos se encostavam acompanhando as curvas da estrada num delicioso mela cueca. Faltando pouco para o Rio de Janeiro, o sol declinava colorindo o céu de alaranjado. Ele disse que, ao chegar, iria para o Tijuca Tênis Clube assistir um jogo de basquete entre o Tijuca e o Flamengo. Pretendia conversar com o técnico do Flamengo que o conhecia. Perguntou se eu queria ir junto, que depois poderíamos beber alguma coisa por ali. Era uma pedida alvissareira à fantasia de uma noite lúbrica. Mas malandro que é malandro não dá bobeira e aquele convite de última hora não foi suficiente para me tirar do rumo da sanidade. Eu preferia pousar em terreno mais firme, uma coisa é brincar de sonhar, vestir a alegoria do desejo, outra é se jogar na avenida sem preparo. Na plataforma da Rodoviária Novo Rio ele parecia ainda maior, me passou seu número de telefone e ficamos de falar-nos noutra oportunidade.

Será que o destino é algo tão insólito? Pode um impulso traçar um destino? No momento que meu olhar e o do jogador de basquete se cruzaram no corredor do ônibus já estava predisposto ao impulso. Viver sem arriscar é se acomodar na trivialidade de uma felicidade vulgar. Ainda guardava na memória a alegria contida no jogo de achego de nossos corpos a cada curva do ônibus e do tesão disfarçado que me aguçava o sentido. Mas junto com o desejo havia dúvida, o medo de cometer uma gafe e, sobretudo, uma sensação contraditória em relação à natureza amistosa do rapaz. A natureza de fato das pessoas não vem assinalada na testa ou na carteira de identidade, aqueles capazes de falcatruas ou mesmo de maldades podem muito bem ter uma alma calma e até mesmo lágrimas na voz. Quando deixei o jogador de basquete na rodoviária, ele se despediu com uma mão macia e fria que gerou em mim um pressentimento, uma espécie de inquietude. Nos dias seguintes, o pensamento se barafustava na minha cabeça, por um lado, a vontade de tocar aquele corpanzil mesmo correndo o risco do jogador ser um blefe, sem a menor graça ou enlevo e, por outro, o receio de um golpe de malandragem.

Num primeiro telefonema a balança pesou mais para o lado do desencanto. Sua voz arrastada, como se tivesse acabado de acordar traduzia uma pessoa sem iniciativa e, pior, muito complicada. Eu sentia que havia alguma coisa obscura nas reticências do rapaz e de confusões eu estava fugindo. Mas ao contar o que tinha acontecido para um amigo, não sei se pela narrativa aventurosa ou pela descrição generosa do jogador de basquete, fui incentivado a prosseguir com a tentativa de encontro. Meu amigo inclusive se prontificou a me acompanhar para dar um parecer a respeito do sujeito. Num segundo telefonema fui mais incisivo e ficou combinado de, no dia seguinte, apanhá-lo na esquina da República do Peru e Atlântica.

O encontro seria às nove horas da noite e quando foi umas seis horas meu amigo chegou em casa com uma colega, uma bailarina do Teatro Municipal, muito alegre e divertida. Iríamos os três encontrar o rapaz. Meu amigo achava que o casal iria quebrar um pouco a atmosfera gay que poderia intimidar o desconhecido. Por outro lado, pelo aspecto da segurança, eles iriam no banco de trás do carro, deixando o moço no banco da frente. Ele e sua amiga estavam excitados com a fantasia de conhecer um jogador de baquete. Esquentei uma pizza congelada, tomamos umas cervejas e ríamos muito de diferentes versões que elucubrávamos em nossa imaginação com relação à extravagância daquela situação. Por fim, fomos no meu Fiat Uno ao encontro marcado.

Havia um rapaz parado na esquina com uma camisa regata do Flamengo na altura dos bolsos de uma bermuda jeans e um tênis branco de cano alto, só poderia ser o jogador de basquete. O cabelo ainda molhado dava mostras da tentativa de ter sido penteado. Chegou o rosto perto da janela do passageiro, o assento estava vago e fiz sinal para entrar. Apresentei meus amigos estrategicamente sentados atrás e dirigi até a Lagoa para irmos a Botafogo, num percurso mais longo para dar tempo de trocar impressões e fazermos algumas perguntas. O jogador de basquete tinha uma voz de baixo e parecia rouco. A presença dos amigos relaxou o sujeito e ele falava numa estranheza que deliciava. Contou da aventura de tentar uma carreira em Mogi Guaçu, do assédio das meninas e de uma namorada que deixou na cidade sem avisar que tinha vindo para o Rio de Janeiro. Meu amigo e a bailarina riam as incertezas das histórias do rapaz. Eu escutava sem deixar-me embriagar de uma quase imperceptível falsidade. Como um lobo na floresta eu acercava a pretensa caça cheirando no ar seus movimentos, sabendo espreitar e esperar. Dei ideia de irmos até meu apartamento tomar alguma bebida.

Na presença dos amigos o rapaz era modesto, mas assim que chegamos em casa, o jogador de basquete perguntou se eu tinha computador e pediu para usar. No escritório ele acessou pelo Google o time de basquete de Mogi Guaçu e ficou contente em mostrar fotos do time e da quadra, era como se quisesse provar que falava a verdade atiçando curiosidades. Aquele navegar online era para ele como flutuar nas águas da rede virtual, os olhos intensos aguçavam velozmente o Google à procura de sites de diferentes times de basquete na Europa e nos Estados Unidos. Como ele não largava o computador, olhávamos para ele com curiosidade, acomodados ali mesmo no escritório. Eu o chamava para conversar e ele, como se não compreendesse, dizia "só mais um pouco". Parecia dissolvido nalguma profundidade sob a superfície do seu desvelo e quando encontrava um time de basquete ou assunto correlato que o incitava, deixava transparecer uma sensação de surpresa e passava a mão pelo cabelo, jogando-o para trás. Ríamos com a alegria daquela vida fraca. Na verdade, pouco sabíamos o que se ocultava debaixo daquele enlevo inefável.

A certa altura meus amigos fizeram sinal de que iriam embora. Nem isso fez o jogador de basquete tomar alguma atitude. Eu, na verdade, percebia que ele queria mesmo ficar a sós comigo e deixava me animar por um ardor secreto de sedução. Levei meus amigos até a porta e num impulso disseram-me que tomasse cuidado, pois enxergavam as coisas através de um véu de mistério numa cidade insegura como o Rio de Janeiro. Não era uma certeza, mas uma sensação, e eu me despedi com pressa para não deixar o jogador de basquete sozinho no escritório.

Ele continuava no computador, sobrancelhas franzidas como se o pensamento seguisse hesitante. Eu controlava uma efervescência ardente do desejo que incitava fantasias de tocar e acariciar aquele corpo musculoso. Sem alarde recolhi os copos e latas vazias de cerveja, dando início a um ritual de arrumação e fim de noite.

Cheguei por trás do jogador de basquete e coloquei as duas mãos sobre seus ombros, ele parecia trabalhar em concentração como se fosse um modo de existir. Pressionei de leve a pele de suas espáduas e, reforçando uma das opções, perguntei em tom de intimidade se queria ir embora ou dormir no apartamento.

Foi como se eu não estivesse presente no seu mundo. Para chamar atenção da minha presença, fechei a janela do escritório. Lá fora a noite tomava conta da rua vazia. Sentado à mesa do computador, os dedos do jogador de basquete acessavam um domínio de palavras inertes. Foi Clarice Lispector quem disse que os pensamentos sobre as coisas existem nas próprias coisas, numa outra ordem dos fatos. Sem me dar conta dormi na poltrona do escritório por uns cinquenta minutos sonhando com seu corpo atlético em oníricas carícias. Quando acordei, o jogador de basquete continuava no mesmo lugar, na mesma posição.

Estacava um ar impregnado de coisa nenhuma. O jogador de basquete parecia paciente na sua possibilidade e eu comecei a ficar impaciente na minha impossibilidade. Eram duas horas da madrugada, eu ainda alimentava esperança de um contato mais carnal enquanto minha paciência beirava a fronteira da tolerância. Uma reação de irritação e zanga me encontrou em pé e exigindo que o rapaz desligasse aquele computador. Vamos dormir, eu disse já tomando rumo do quarto. Me voltei e ele estava em pé no meio do escritório. Não tinha como não me deixar tocar aquele corpo alongado de porte atlético em que os peitorais sobressaíam sob a camiseta do Flamengo. Ele veio para meu quarto e eu disse que tirasse a roupa para não sujar a cama. Pura artimanha de lobo mau frente a inocente chapeuzinho vermelho. Ficou só de cuecas sem dizer nada, parecia excitado sem convicção. Senti o desejo chegando até minhas mãos desejantes de tocá-lo.

Eu me continha para não criar uma situação embaraçante, sempre esperando dele um sinal que dissolvesse a distância entre nós. Como ele não me olhava de frente, seus olhos não podiam abrir caminho entre nós. Chamei-o para a cama. Sempre sem olhar, ele deitou-se ao meu lado e minhas mãos procuraram desvios para tocar aquela imensa massa de músculos. Ele se deixava tocar sem laivos de libido ou apetência. Minha tentativa de beijá-lo morreu em lábios frios. Era como se ele lutasse para não se entregar ao existir, como se o desejo fosse uma tortura. Calmamente ele afastou-se um pouco e, num instante, pôs-se de lado olhando-me com ar severo. Súbito, como uma onça, deu um bote cobrindo-me com seu corpanzil e, imediatamente, senti suas garras no meu pescoço. Senti um gosto ferroso na garganta e na boca misturados ao medo e a uma coragem que me vinha das entranhas.

– Eu poderia te matar – disse ele numa voz rascante e pressionando minha garganta.

Não podia acreditar que fosse tão tolo. Apesar da cena violenta, era um gesto sem força, inexpressivo. Como agir perante uma vida mais fraca que a sua? Não era uma fraqueza sedutora. Meu pensamento consistia em não o deixar nervoso, tentar enfraquecê-lo mais ainda, acendendo uma centelha de medo naquela atitude intempestiva.

– Mata! – disse procurando sucumbir a firmeza do covarde – Pode matar! – repeti como se fosse meu querer.

Ele deixou fluir um sorriso tenso enquanto afrouxava um pouco meu pescoço. Percebeu que não era uma piada.

– Só se você for muito burro ou estiver com muita vontade de ser preso é que você vai me matar. Não se lembra mais do porteiro que o viu entrar? Não se lembra mais dos meus amigos que podem te identificar facilmente? Mata e assina sua condenação.

Minha atitude acionou seus neurônios, não havia necessidade de dominar procedendo daquela maneira. Talvez tenha sido mais perturbador para ele. Recolheu as mãos e virou-se na cama de costas para mim. Começou um choro baixinho, desesperado, profundo. Balbuciava palavras confusas numa doçura que contrastava com sua atitude recente. Precisava de dinheiro. Tinha feito merda em Mogi Guaçu onde a namorada estava grávida de sete meses. Sua fala procurava criar uma intimidade nova e miserável. O desejo já tinha se perdido e meu único refúgio era manter sereno o pensamento da fera. Ambos deveríamos nos compreender dentro da falsidade de cada um. Eu era cúmplice daquela situação, dei asas à tentação do prazer, dei condições para aquela circunstância de limites frágeis. Eu mantinha o silêncio e ele falava para si mesmo como se sua vida divergisse daquilo que queria ter vivido ou do que deveria ter sido. Sua voz foi ficando espaçada e cada vez mais baixa até que dormiu. Deixei-o dormir.

Eu vi tudo, mas não tenho certeza de nada

"Os perigos externos são vivenciados
à luz dos perigos internos,
e são, portanto, intensificados".
MELANIE KLEIN

Eu vi tudo, mas não tenho certeza de nada. Nem sabia se contava para alguém. Foi a Teresa, eu disse a ela que estava com um problema na minha vida, que não conseguia nem dormir direito, só pensava naquilo e aí minha amiga indicou o seu nome. É um excelente psicólogo, ela me disse. Como? Psiquiatra? Bem, não sei a diferença, se trabalha com a cabeça ou com o pensamento. Mas parece que é escutando o que as pessoas têm, o que as aflige e fica dando voltas no pensamento, coisas que não dá para carregar sozinha. Tem sucedidos que a gente não quer contar para qualquer um porque podem interpretar mal e causarem dor a mim e ao pequeno. O pequeno? É meu menino, o Julinho, de sete anos. É o segundo, tem uma menina mais velha, a Clarinha, de dez anos, e outra mais nova, a Paulinha de cinco anos. Bem, doutor... posso chamar o senhor de doutor? Então, doutor, é o seguinte, o Júlio, meu marido, é muito bronco, gente do interior, crescido no meio de cinco irmãos homens, ele é muito machão e se preocupa demais com o filho, acha que ele é muito tímido sem o convívio de outros garotos da idade dele. Mas não é assim, o Julinho tem uns amiguinhos no prédio, o Júlio não vê porque fica fora o dia todo. Eu me preocupo porque ele diz que eu adulo muito o garoto, que sou a culpada dele ser assim meio tímido porque dou muito colo. Nessa minha preocupação eu dei de vigiar mais o menino. Uma vez, ele tinha uns cinco para seis anos, eu me distraí na cozinha e cadê o garoto? Procuro, chamo pela janela e nada. Nosso prédio tem um pequeno play no terraço, no sétimo piso. Quando saí do elevador escutei vozes de criança e tive a certeza que ele estava lá. Não sei por que, acho que foi para não assustar, sei que fui pé ante pé, de mansinho ver onde estavam. Eram quatro meninos, todos da mesma idade do Julinho, estavam sem camisa em torno da bola. Deviam estar jogando e pararam, sei que estavam os quatro abraçados falando baixinho, tão baixo que eu não escutava nada. Eles não me viam atrás da borda da parede. De repente, começaram a rir alto e puxar o calção um do outro para ver o bumbum do coleguinha. Eu fiquei pasma, não sabia o que fazer. Voltei na direção do elevador e gritei: Julinho! Em poucos minutos ele aparece correndo, vestido com a camiseta. A gente tava jogando bola, mãe! A gente quem? Perguntei nervosa. Ele viu que eu estava nervosa e senti que não gostou do meu jeito de perguntar. O Dinho, o Tião e o Jorginho. Não sei por que, mas o nome Tião ficou gravado na minha cabeça, não podia mais escutar aquele nome. Toda vez que o Julinho dizia que ia brincar com o Tião eu punha algum obstáculo. Eu não gosto desse menino, eu dizia vez ou outra, e parece que quanto mais eu falava mais o Julinho o procurava. Eu não tenho certeza de nada, um simples olhar poderia bastar para saber o que estava acontecendo, mas ter visto aqueles meninos sem camisa se abraçando não me trouxe nenhuma certeza, me deixou dividida entre uma simples curiosidade e um medo instintivo de que aquela brincadeira pudesse ter desdobramentos equivocados. Como? Dissociação? Eu estaria o quê? Dissociando, separando o fato em duas partes? Sim, pode ser, mas por que eu faria isso? Tentando negar algo que para mim seria ruim naquele fato? Relacionado com alguma coisa que eu tenha vivido? Me lembro que minha mãe não tinha como ficar vigiando seis filhos pequenos, eu era uma das menores, mas minha irmã mais velha, por alguma razão, não podia ver nada que considerasse errado que dizia: vou contar tudo pro papai! O pai era mais bravo que a mãe e todos tínhamos medo de apanhar dele. Voltando para a brincadeira dos meninos, eu tinha uma curiosidade, mas meu medo era o Júlio vir a saber e castigar o menino sem razão. Preferi ficar calada. Acho que se o acontecido tivesse sido com uma das meninas eu não teria me preocupado, mas por alguma razão a partir daquele episódio eu comecei a ficar mais atenta ao Julinho e essa atenção foi se tornando cada vez mais ansiosa e persecutória. Eu me considero uma boa pessoa, uma mãe que luta e sofre por seus filhos, preocupada com a formação deles. Às vezes me pergunto como eu poderia estar preocupada com as atitudes de uma criança de seis anos de idade? Talvez pela rebeldia do menino. O pai comprou uma camiseta do Flamengo para ele, queria que o garoto torcesse para o seu time, mas o menino dizia que era Fluminense, como o Tião. Quase mordi os lábios e só consegui dizer: não gosto desse menino. Uma vez eu cheguei em casa depois de ir ao supermercado e as meninas disseram que o Julinho estava no quarto brincando com uns amigos do prédio. A porta do quarto estava fechada. Coloquei meu ouvido próximo à fechadura e achei muito silencioso, pensei: não estou gostando dessa brincadeira. Abri a porta de supetão, o Julinho estava dando um beijo na boca do Tião sob as vistas do Jorginho vestido com o capacete romano de brinquedo. Dei um grito mudo, os meninos se assustaram e eu fechei a porta tão rápido quanto abri. Doutor, pode parecer absurdo que eu tenha visto tudo aquilo e continue sem nenhuma certeza. É uma coisa incompreensível para mim que o menino nem tenha comentado o fato e age como se nada tivesse acontecido, como se aquilo não tivesse nenhuma importância para ele. Reconheço um medo secreto dentro de mim. Medo de quê? Do menino virar mulherzinha. O senhor imagina o sofrimento do pai com o único filho assim torto? O sofrimento do menino nesse mundo de gente ruim? E o meu sofrimento, minha culpa de ter visto tudo isso e não ter feito nada? Isso tudo tem me perturbado demais, doutor, minha cabeça vai estourar de tanto que fico pensando essas coisas. Medo? Sim, claro que sinto medo e fica pior quando castigo o menino sem que ele nem perceba a razão, depois sinto remorso por ter causado algum dano no menino. O quê? Se eu tenho medo de pênis? Claro que não (sorrisos). O quê? Inveja?

Não sei o que responder, será que a raiva que tenho da autoridade do meu marido pode ser uma inveja? Taí uma coisa que nunca tinha pensado e que agora me parece fazer algum sentido. Como? Eu deveria refletir nesse caminho? Eu poderia estar transferindo a inveja ou raiva do pênis do Júlio para o pênis do Julinho e que isso sim poderia estar afetando o menino? Como? Meu tempo acabou? Que tempo, doutor? Voltar semana que vem? Continuar trabalhando? Como assim? Ah, não vai receitar remédio? Esse trabalho é que é a terapia? Demora um tempinho? Então tá.

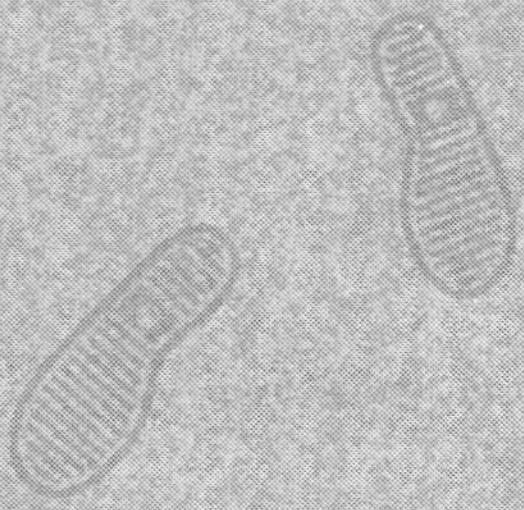

Aprendendo a viver

Duas coisas que os adultos relegam no convívio com as crianças diz respeito à morte e ao sexo, duas circunstâncias que envolvem amor. Estando na mesma ordem, criam uma relação ilusória inconsciente, que leva muitos poetas a associar amor e dor. Aprendemos sobre a morte quando vivos, ainda jovens, e essa noção de finitude em tenra idade nos fala sobre amor, não o sentimento do ter ou do querer, da posse, mas da estima e da sua impermanência.

Quando eu tinha catorze anos, o fim de uma pessoa que me era muito querida ficou marcada por uma cadeira de rodas vazia. Meu avô materno ficou dois anos paralisado do lado esquerdo, preso a essa cadeira, devido a um derrame. A presença desse avô tinha sido muito forte na minha infância. Passávamos as férias na sua casa no interior e me lembro de vários natais, a árvore com presentes e a ceia com leitoa, que ele não abria mão. Na memória do coração ficou a lembrança dele pegar na minha mão para eu poder caminhar no trilho do trem que passava nos fundos da sua casa e, da mesma maneira, me levar ao armazém do Seu Correa para fazer compras e anotar na caderneta, que ele trazia no bolso do paletó. No pequeno bolso da calça, logo abaixo do cinto de couro, ele guardava um cebolão, antigo relógio de algibeira da marca Ômega, que consultava sempre que o trem passava para conferir se estava no horário. Aposentado da rede ferroviária, queria me ensinar o que achava que era mais moderno em matéria de comunicação: o Código Morse! Não assisti ao seu funeral. Ele morreu em sua casa no interior e eu tive que ficar com meus irmãos menores na ausência de meus pais. Anos mais tarde, ao lembrar o carinho do meu avô em relação a mim, foi que senti o tamanho da estima que eu tinha por ele e chorei sua partida, a falta que ele me fazia.

Nessa época, eu tinha uma amiga chamada Mariana que morava do outro lado da rua, na casa em frente à minha. Ela entendia a minha tristeza. Nesse tempo, eu nadava e tinha o corpo desenvolvido para um garoto de quinze anos. A Mariana era mais velha, tinha dezessete e era repetente, numa aura de rebeldia. Eu era colega do seu irmão mais novo que só gostava de futebol e, como eu adorava conversar com ela e suas amigas, fui adotado pelo grupo. Algumas meninas já fumavam escondido e eu ia com elas às festinhas na casa de amigas de amigas delas. Elas não gostavam muito porque, apesar de grande, eu era um fedelho. Entre as amigas da Mariana tinha uma garota muito linda chamada Verônica. Eu achava que a Verônica parecia artista de televisão. Um dia a Mariana veio me contar que o pai da Verônica tinha morrido. De repente, ataque cardíaco, ela disse, o enterro vai ser amanhã à tarde e nós vamos juntos ao velório. Eu fazia tudo que a Mariana queria, porque eu gostava dela. Fazia uns dois meses que meu avô tinha morrido e eu nunca tinha ido a um velório antes e nem sabia como me comportar. A Verônica era a filha mais velha de três irmãs e quando chegamos lá, o velório parecia o recreio do colégio, cheio de adolescentes. Eu nunca tinha visto uma pessoa morta e nunca tinha visto pessoas, como a viúva e outros parentes próximos, chorarem tanto. A única coisa que dava para ver no caixão era o rosto do pai da nossa amiga, que parecia de pedra. A Verônica também estava com os olhos e o nariz vermelhos de chorar, mas quando nos viu, ela e a Mariana desataram a rir. Foi uma cena que eu nunca esqueci, a viúva chorando e as meninas rindo do choro uma da outra. Fomos para o lado de fora onde as pessoas já não choravam, mas conversavam em voz baixa, em pequenos grupos. A Verônica perguntou se a Mariana tinha cigarro; a Carla, outra amiga, tinha e elas foram fumar no banheiro, porque a mãe não sabia que a Verônica fumava. Foi hilário, quatro moças juntas dentro de um banheiro mínimo e a fumaça saindo pelo pequeno basculante. E essa agitação durou até o momento da despedida final. Eu disse que ia para casa e a Mariana disse que ia comigo. Nos despedimos da Verônica e eu jamais poderia imaginar que em pouco tempo estaria de volta naquele mesmo lugar para me despedir da minha amiga querida.

Passados mais dois meses, aconteceu a Copa do Mundo de 1970, no México. Foi um evento que marcou profundamente nossa rua e minha trajetória de perdas. Primeiro foi a pai da Laura, o Dr. Alfredo, médico e professor na faculdade. A família – esposa e quatro filhos – morava no quarteirão seguinte ao nosso e, durante o dramático jogo entre Brasil e Inglaterra, em que, aos quinze minutos do segundo tempo, Jairzinho fez o um a zero que classificou o Brasil para as quartas de final, o Dr. Alfredo não aguentou a emoção e teve um infarto fulminante. Foi uma tristeza que não impediu que o time brasileiro chegasse à final da Copa.

A Mariana convenceu seus pais e irmãos a deixarem seus amigos assistirem o jogo final entre Brasil e Itália na sua casa, porque tinham uma televisão em cores. Foi uma grande festa, muita cerveja e outras bebidas destiladas que apareciam em garrafinhas trazidas por amigos do Bernardo, que na época estava namorando com a Mariana. O Bernardo tinha um Corcel preto e acho que foi uma das coisas que atraíram a Mariana. O sol já tinha se posto quando o Brasil venceu a Itália por quatro a um e conquistou o tão sonhado tricampeonato. Foi uma explosão de alegria, a multidão se concentrou no centro da cidade para comemorar. Parecia um carnaval no meio do ano. Diversos clubes abriram seus salões para bailes de comemoração daquela conquista, a notícia chegou à casa da Mariana e o Bernardo sugeriu irem ao Clube da Lagoa Azul, fora da cidade. Eu estava cansado, rouco e tinha que voltar para casa, porque meu pai estava de cama, recém operado da vesícula. Eram dez horas da noite quando dois carros saíram da nossa rua para o Clube. No carro do Bernardo iam seis pessoas, ele dirigindo, a Mariana na frente e dois casais de namorados apertados no banco de trás. Todos tinham bebido muito. Não chegaram ao Clube. No caminho, o carro se chocou com outro na contramão e ficou destruído, todos morreram na hora. Ao saber da notícia, logo cedo, parecia que uma bomba tinha estourado ao meu lado e, embora continuasse vivo, sentia-me impactado em todos os sentidos. Foi como perder uma parte de mim, dentro de mim. Chorei muito no velório, lembrando dos sorrisos nervosos que tínhamos compartilhado pouco tempo antes, e fiquei o tempo todo abraçado à Verônica, já calejada na dor e compassiva com meu sofrimento.

Um ano depois, nossa rua se despediu da mãe da Mariana e da esposa do Dr. Alfredo, que sucumbiram ao oportunismo de débeis células mutantes que ganharam espaço naqueles corpos tomados de tristeza. Como se não bastasse tanta despedida, ainda naquele ano, o irmão mais novo da Laura, sem pai e mãe, ao voltar do colégio na garupa da moto de um colega levou um tiro na cabeça dado por um motorista louco que se assustou ao ser ultrapassado pela motocicleta. Não vale a pena falar da alegria e beleza daquele rapaz que se foi aos dezesseis anos, nem da tristeza daquela família; nem de nós, seus amigos da rua, que naquele alvorecer da vida aprendíamos e nos formávamos na compreensão da efemeridade das coisas e na impermanência da existência, nessa instantaneidade que abastece de lembranças o fluxo da memória de tudo que passamos como aprendizes do viver.

Lobisomem

Era um grupo de rapazes num condomínio. Eram quatro blocos de edifícios de apartamentos protegidos por muro e cancela de entrada. A base do grupo se conheceu no futebol e no judô, dentro do próprio condomínio. Os rapazes partilhavam padrões morais que os diferenciavam e protegiam numa sociedade desigual. Vivenciavam cedo padrões de proteção que acolhem a defesa armada e honram a masculinidade como salvaguarda da família, do modelo tradicional de família, e depreciavam o diferente na latente convicção de que cada diferente é um inimigo.

Nasceu na lua cheia e o pai deu-lhe o nome de Guilherme, que fora do avô imigrante. A virilidade do pai foi projetada no rebento, primeiro filho homem, depois de duas mulheres. Entretanto, tal disposição não foi suficiente para impedir a convivência do garoto com as meninas, que chamavam o irmãozinho carinhosamente de Gui. Enquanto o menino crescia em beleza e sensibilidade, o pai no seu desassossego, fazia questão de frisar o nome do filho: Guilherme. Quando podia, tirava o menino de casa procurando incutir o gosto masculino pelo mundo, inclusive matriculou o garoto no futebol e no judô, menosprezando a natação que tanto agradava o filho. Com frequência o pai criticava elementos do universo feminino e, quando era tomado da raiva utilizava termos como 'filho da puta', 'puta que o pariu' e 'veado' para insultar desafetos.

As intempéries machistas do pai entristeciam a mãe e constrangiam as irmãs, despertando sentimentos contraditórios no garoto, que migravam da pele ao coração, onde mora o sentir, mas não chegavam ao cérebro, que é onde as pessoas costumam refletir antes de tomar ação. O pai instigava o menino à ação no revide às possíveis agressões como se adestrasse um lobo. Os sentimentos do garoto em relação ao pai iam do coração às entranhas quando era enaltecido ao chegar em casa com arranhões ou mossa, e quando não era repreendido por maltrato de empregadas e funcionários do condomínio.

Guilherme gostava de nadar, do contato da água na sua solidão e, apesar do pai, manteve a natação na piscina do condomínio duas vezes por semana. Foi lá que conheceu o Rafael. Os dois estavam com a mesma idade, catorze anos. Rafael não jogava bola nem lutava judô; gostava de cinema, de livros e, ao mesmo tempo, tinha um corpo naturalmente desenhado na beleza e sensualidade. Não eram imunes à beleza um do outro e ficaram amigos.

A vida tem coisas estranhas como se interessar pelo que é malvisto por quem se gosta. O pai de Guilherme achava Rafael meio esquisito e dizia com riso contido que o rapaz era 'exótico'. Isso mais atraía a curiosidade de Guilherme, que ficava impressionado com o jeito livre de ser do Rafael, de falar de tudo sem medo e da maneira cortês com que tratava as pessoas. Contraditoriamente, foi essa liberdade de ser, que atraiu um ao outro, o fator que os afastaram um tempo depois. O acaso não avisa o desejo, certos acontecimentos só estão à espera de um gesto, de um toque, e o caso foi que uma noite Guilherme dormiu no apartamento do Rafael. Ao compartilharem uma revista pornográfica se deixaram levar pelo tesão no calor dos corpos e, enquanto se masturbavam, Guilherme beijou o amigo.

Para uns o prazer é um sentimento bom que flui, para outros, o prazer é bom, mas pode acontecer carregado de espanto e confusão. O beijo em Rafael foi correspondido e depois do gozo, relaxado na cama, Guilherme como que escutou a voz do pai dentro da sua cabeça, 'veado!', estremeceu. Rafael, leve como uma pluma ao vento, sussurrou: parece um sonho. Erguendo-se nos cotovelos olhou para Guilherme e disse: as coisas não acontecem por acaso. Guilherme olhou para Rafael e como que não o reconhecendo, embora o amigo fosse o mesmo de sempre, não deixou fluir, com o veado do pai na cabeça, e disse: foi puro acaso. Não se deu conta de que ninguém sai ileso dos arranjos do acaso. Teve medo, nem dormiu direito, era como caminhar com os pés descalços sobre pedrinhas. Era a culpa.

Evitou o amigo desde então. Trocou o horário de nadar e como Rafael não era da turma do condomínio, quase não o encontrava. Uma noite, o grupo reunido viu Rafael caminhando sozinho para o seu bloco de apartamentos e alguém comentou maliciosamente: 'lá vai aquele veadinho amigo do Gui'. Todos riram. Apesar de ter tomado distância de Rafael, ainda existia afeição no silêncio de Guilherme que, desviando sua ira, transferiu para o fato de terem-no chamado de Gui. O lobo das suas entranhas, num misto de medo e raiva, uivou entre dentes: 'meu nome é Guilherme e ele não é meu amigo!'

Estava se perdendo na mentira. Cada dia era como se necessitasse inventar-se para se sentir seguro e para que acreditassem na sua mentira. Alguém já disse que os fracos mentem para sobreviver.

Acontece que é difícil livrar-se dos caminhos que a vida traça para você, muitas vezes uma trilha diferente é só para aumentar o caminho que inevitavelmente te leva de volta onde havia começado. Num condomínio fechado é difícil não esbarrar com as pessoas e, uma noite Guilherme viu Rafael entrando pela garagem do bloco onde morava e foi atrás depois de verificar que não havia ninguém na rua. Rafael percebeu e se insinuou por uma área sombreada entre duas pilastras. O desejo os aproximou e se beijaram, mas a ansiedade de Guilherme bloqueava seu impulso erótico e ele se afastou do amigo. Era como se a raiva que sentia de si mesmo fosse transferida ao outro e, saindo da sombra só teve tempo para dizer: cuidado, Rafael. Ele se referia à hostilidade do seu grupo em relação ao amigo.

Guilherme escondia de si mesmo o lamento do desejo perdido. As pequenas maldades praticadas no condomínio pelo grupo de amigos, esvaziar pneus, riscar portas de carros, mexer com as pessoas mais vulneráveis, eram parte de um teatro cômico em que os próprios atores riam de si mesmos e, de certa forma, ao atenuarem o medo e a sensibilidade cerceada de Guilherme, alimentavam sua mentira particular. Arrumou um pitbull e arriscou namorar algumas garotas do condomínio procurando no cão e nelas algo de novo. O cão cativou sua amizade, mas as garotas caíam no engano de querer fazê-lo sentir falta delas e não conseguiam.

Guilherme não deixava de pensar em Rafael e era incapaz de unir as suas partes, ainda era forte nele o medo do pai, ou melhor, o medo de não ser amado pelo pai. Ele negava o prazer para continuar vivendo, como se o amor não fosse bom. Sua vida se dissociava nas idiossincrasias vividas no grupo, alimentando seu lado mais destrutivo. Essa estranha estrutura partida não era sentida porque era negada. À medida que seu lado machista, alimentado pelo grupo, era elogiado pelo pai, mais se distanciava de Rafael. Obcecado por histórias em quadrinho, se sentia como o lobisomem que adestra o lobo nas entranhas se fingindo de homem, se afastando cada vez mais dele mesmo. Se achava um Wolverine, belo, sensual e com garras de lobo.

Os rapazes do condomínio têm a vida farta como se fosse um direito adquirido. Mas essa vida limitada é chata e para suportá-la os garotos se agrupam por afinidades e estas criam os laços de amizade dos grupos. O grupo de Guilherme acreditava na vida que levavam e acreditavam na imunidade pelo que faziam. O consumo de bebida foi como iniciação ao mundo masculino, gostavam da sensação gratificante de coragem e desinibição que provocava. Desinibição e coragem também causavam medo e ansiedade, mas eram minimizadas pela sensação de segurança e proteção quando juntos. Gostavam de andar e uivar em bando como os lobos na alcateia para se protegerem.

A agressividade do grupo aumentou com a cocaína. Antes, as molecagens da turma eram estupidamente inocentes comparada ao espírito do pó branco, que tem uma pegada mais agitada, eufórica, aumentando a irritabilidade. É uma droga que vicia e é cara. Arrumar dinheiro passou a ser parte das atividades do grupo. Pequenos assaltos no bairro alimentaram a concorrência com outros grupos de comunidades vizinhas ao condomínio e provocaram o aparecimento de armas como corrente, soco-inglês, canivetes e até mesmo um trinta e oito. Medo e coragem se tornam dogmas que podem, reforçados pela bebida e pela droga, se manifestar em ações esporádicas de consequências desastrosas, constituindo sinal de perigo. É bom lembrar que nas entranhas dos mocinhos de família dormem lobisomens prestes a acordar.

Um dia aconteceu. Até aquele fatídico dia Guilherme evitava o grupo ao saber de alguma ação que, potencialmente, pudesse de modo direto fazer mal às pessoas. Uma noite saíram para uma balada, programa de sexta. Eram oito pessoas em dois carros, quatro em cada. Primeiro foram beber num boteco do bairro. O primeiro carro saiu para a festa e Guilherme estava entre os quatro que ficaram. Ele conhecia o grupo e pressentia o que ia acontecer, pois estavam ficando alterados e queriam ficar mais loucos na balada, queriam o brilho do pó e precisavam de grana. Pararam o carro nas imediações do condomínio, numa rua mal iluminada, a intenção era assaltar algum morador que estivesse voltando para casa. De longe avistaram dois rapazes de mochila que desceram no ponto do ônibus que vinha da cidade, provavelmente voltavam da aula. Alvo fácil. Guilherme foi escolhido junto com outro companheiro para abordar a dupla, iriam usar canivetes para assustar.

A história é curta como todo episódio de horror. Um dos garotos de mochila era Rafael. Guilherme e seu comparsa, com meias de náilon na cabeça, viraram a esquina para alcançar os dois rapazes de frente. Guilherme reconheceu Rafael pela silhueta, seu coração bateu forte, até sentiu o cheiro de Rafael à distância, sabia que estava errado, que ia dar merda, mas não parou. Será que ele me reconheceu?, pensou. A sensação de euforia no seu corpo era suplantada por uma culpa persecutória. Por que tinha que ser esse cara, parece que me persegue. O que era perplexidade passou a ser raiva e rancor. Não conhecia o outro rapaz e foram direto em cima do Rafael, mostraram os canivetes, perdeu, irmão, é um assalto! Guilherme, balbuciou Rafael. Guilherme não queria pensar em nada, nem sentir, só alimentar o ódio de si mesmo ao fazer mal a uma pessoa que tocara seu coração. Veado, bradava o pai na sua cabeça. Pega a mochila dele e coloca nela tudo, celular, relógio, dinheiro, disse o comparsa. Ninguém viu o companheiro de Rafael abrir lentamente sua mochila no escuro e tirar uma Browning de bolso. Guilherme, repetiu um Rafael assustado. Não fala nada, todo mundo calado. Sem palavras, Guilherme grunhiu entre dentes quando um estampido varou a noite e ele caiu para frente com as mãos na barriga enquanto seu companheiro corria de volta para o carro na outra rua.

Rafael, me ajuda, gemeu ainda caído na calçada. Rafael se abaixou e levantou o tronco de Guilherme nos braços. Corre e pede na portaria para chamarem uma ambulância, Rafael gritou para seu companheiro que saiu correndo. Tinha sangue na camisa de Guilherme. Rafael tirou a meia do seu rosto, abriu a camisa e viu que a bala tinha atingido o flanco direito do amigo, menos perigoso. Tô com medo, Rafael. Você é homem ou lobisomem? Riram. Que merda é essa que você se meteu, seu babaca?. Riram. Rafael sabia que valia a pena esperar. Guilherme olhou para os olhos de Rafael, olhou lá no fundo durante uns longos segundos, fechou os olhos e disse: você foi minha única verdade. Rafael estreitou mais o tronco de Guilherme, enquanto ouviam ao longe o barulho da sirene.

Jerry Benedito do Rosário

Mãe e filho moravam no Jardim Alvorada, em Nova Iguaçu, e Jerry tinha o apelido de Ferrujão porque era alto, loiro com sardas nas bochechas. A mãe, uma mulata bem-apanhada, sempre contara a mesma história, o pai era um branquelo de Santa Catarina, cortejara-a no Terreirão do Samba, ficaram juntos um tempo e depois de engravidá-la desapareceu no mundo.

Quando fez quinze anos, Jerry quis saber mais. Não via nele os traços da mãe e insistiu por mais informação. A mãe acrescentou verdade na mentira que havia criado, disse que o homem se chamava Eduardo Ritter. Lera no documento deixado sobre a mesa, mas não tinha ideia de qual cidade ele vinha ou para onde teria ido. Disse que a lei não permitia que ela registrasse o menino com o sobrenome do pai sem documento ou autorização, teve que dar só o seu sobrenome de registro: Rosário. Jerry Benedito do Rosário. Jerry porque era fã do Jerry Adriani e Benedito era o nome do pai dela.

Jerry pesquisou e encontrou quarenta e quatro Eduardo Ritter no Facebook. Dentre esses, doze poderiam ter idade para ser seu pai. A mãe se impacientava com aquela mania do filho de procurar, mas também porque não reconhecia nenhum daqueles homens pela foto. Como o garoto não se identificava com nenhuma fotografia do aplicativo, a coisa se arrefeceu, parecia que havia passado.

Jerry se tornou um adulto bonito, era esforçado, conseguiu terminar o ensino médio e tinha vinte anos quando resolveu se inscrever no ENEM para enfermagem. A mãe trabalhava duro para dar ao filho melhores oportunidades. Era hipertensa e depois de três picos da doença passou a fazer controle no Hospital do Coração, em Laranjeiras. Morria de medo de morrer. Talvez a doença da mãe houvesse influenciado a decisão do filho de estudar enfermagem, mas para a mãe aquela escolha era como um fantasma do passado, que pesava na sua alma, porque não conseguia colocar para fora.

Jerry cursava o segundo ano da faculdade, quando num quarto pico de pressão, a mãe teve um pequeno derrame e ficou internada uma semana. Ao voltar para casa, vendo a preocupação e dedicação do filho tão amoroso, com receio do imponderável tempo, resolveu contar a verdade. Ela precisava aliviar seu coração, sabia que experimentava um sofrimento que se agravava com os anos. Tomou coragem para se abrir na presença daquele filho tão querido e tão diferente dela, por quem tinha um amor sem precedente, por quem deu e daria sua vida a qualquer preço. Não podia mais viver com esse mal-estar. Chamou o filho para contar sua verdadeira história. Sentaram-se um frente ao outro. Dar sentido às palavras exige vontade e força. Duas lágrimas escorreram pelo rosto da mãe e o filho secou-as com um lenço, em silêncio, aguardando. Não tinha pressa, sabia que a mãe ia dar forma ao passado e tinha que esperar, não podia adiantar sua emoção antes de conhecer as lembranças da mãe.

Eu tinha mais ou menos a sua idade quando cheguei de Miradouro para trabalhar na casa do Doutor Coutinho. Minha mãe trabalhava para Dona Virgínia, tia da Dona Eunice, esposa do Doutor Coutinho. Foi a Dona Virgínia quem pagou as despesas para eu vir para o Rio de Janeiro. Dona Eunice foi me buscar na rodoviária, ela e o Doutor Coutinho tinham duas filhas lindas, a Clara e a Betina. Trabalhei e morei na casa deles no Grajaú durante cinco anos. O Doutor Coutinho era um médico rico e famoso, tinha uma clínica para mulheres na Tijuca. Depois fiquei sabendo que era uma clínica de tratamento para engravidar. Eu era uma mulher jovem e logo aprendi a andar no Rio de Janeiro. Já tinha uns quatro anos que eu trabalhava para Dona Eunice quando conheci o Eduardo, de Santa Catarina, e a gente namorou. Foi nessa época que o Doutor Coutinho um dia me chamou no escritório dele, fechou a porta e muito educado me perguntou se eu era virgem. Ai, meu Deus, fiquei tão envergonhada. Ele me acalmou e explicou que era uma pergunta profissional e me falou do trabalho dele com mulheres. Eu disse que não era mais virgem, mas que evitava filho. Ele então me deu os parabéns e contou da importância que era para algumas mulheres, diferente de mim, poderem engravidar. Me explicou que havia mulheres que não conseguiam segurar o bebê na barriga. Essas mulheres, muitas vezes, com o sonho de terem um filho, se submetiam ao tratamento na clínica. Me contou que eles tinham várias maneiras de tentarem a gravidez e que depois de tentarem com a própria mulher e não conseguirem resultado, buscavam outras mulheres sadias que pudessem receber o bebê desses casais. Eram chamadas barrigas de aluguel, alugavam seu útero para o bebê crescer e quando nascia era entregue ao casal que alugou. Ele elogiou minha saúde e foi direto perguntando se eu estaria disposta a receber cem mil reais para ser barriga de aluguel. Me explicou que era tudo sigiloso, eu não conheceria o casal, nem eles a mim, que toda a operação seria feita pela clínica, que arcaria com toda a responsabilidade quanto à minha saúde durante a gravidez e o parto. Eu poderia continuar trabalhando na casa deles e essas coisas. Me deu dois dias para pensar e dar a resposta. Eu fiquei doida, nunca tinha pensado em tanto dinheiro, dava até para comprar uma casa. Contei para o Eduardo, ele era serralheiro e ficou entusiasmado da gente poder ganhar aquele dinheiro todo, por isso eu aceitei. Bem, o Doutor Coutinho me levou primeiro para conhecer a clínica, muito chique, tudo limpinho. Me fizeram diversos exames, me disseram que lá mesmo eu faria as consultas de pré-natal, receberia os medicamentos, vitaminas e vacinas de graça e que o parto seria lá mesmo na clínica. No dia marcado, o Doutor Coutinho me levou de novo na clínica, me deram uma anestesia e quando eu acordei você já estava dentro de mim.

Jerry estava lívido. Era como se um vento varresse as nuvens do céu, liberando uma sombra que o acompanhava desde menino, trazendo luz para suas dúvidas e novas possibilidades para sua existência. E os meus pais?, perguntou. A mãe teve medo, não de um prematuro julgamento, mas da pergunta dele querendo saber dos pais como se ela fosse menos mãe. Disse, calma, filho, ainda não acabei.

Tudo estava certo, eu estava feliz, a barriga crescendo, eu trabalhando, recebendo assistência, encontrando o Eduardo. No quinto mês, o Doutor Coutinho me chamou e disse que eu fosse com ele no banco com meus documentos, ele abriu uma caderneta de poupança no meu nome e depositou trinta e cinco mil reais como parte do pagamento e pediu que eu guardasse segredo, que seria melhor para mim. Mas como Deus escreve certo por linhas tortas, aconteceu o que ninguém poderia imaginar. Foi tudo de repente. Quando eu estava no sexto mês de gravidez, o Doutor Coutinho morreu num assalto a mão armada perto de casa. Uma loucura, uma tristeza, Dona Eunice ficou maluca. O Doutor Coutinho tinha um sócio na clínica, o Doutor Ferreira. Depois de uns quinze dias, começou a aparecer um monte de papel, dívidas, muitos problemas e, no meio disso tudo eu com aquela barriga de aluguel. Passei a ser um problema para Dona Eunice. Por influência do Doutor Ferreira, ela me deu aviso prévio e acertou minhas contas. Eu ainda perguntei o que ia acontecer comigo, que o Doutor Coutinho tinha prometido isso e aquilo. Ela, bem orientada, perguntou se eu tinha algum documento, ou contrato escrito. Eu não tinha, estava lascada. O Eduardo, acho que só estava comigo pelo dinheiro prometido, quando me viu desempregada naquela situação, me deixou sozinha. Graças a Deus, eu tinha o dinheiro que a Dona Eunice me pagou, acho que com culpa ela me pagou a mais do que eu teria direito, e mais o dinheiro da caderneta. Vim para Nova Iguaçu, para a casa da Tia Dita que me recebeu de coração aberto. Depois de dois meses você nasceu na Maternidade Mariana Bulhões, aqui da cidade. Dona Eunice e o Doutor Ferreira tinham dito para eu nem aparecer mais na clínica. Depois do resguardo, comecei a me virar, a primeira coisa que fiz foi procurar casa e, como a Tia Dita era conhecida do bairro, logo encontramos essa casa. Comprei usando o dinheiro da caderneta e ainda sobrou um pouquinho para ajeitar nossa casinha e aguentar até você ficar maiorzinho, ir para uma creche e eu poder trabalhar. Você foi a melhor coisa que me aconteceu, meu filho, foi um presente de Deus.

Jerry não interrompeu o relato, respeitou a necessidade de sua mãe desabafar aquele segredo, livrando seu coração daquela angústia. À medida que ela ia falando, ele ficava passado, não conseguia articular uma frase. Ao final, abraçou a mãe e chorou no seu ombro. Obrigado, mãe, foi a única coisa que conseguiu balbuciar. Choraram juntos. Jerry não sabia o que sentia, porque era como se as partes da essência do seu ser precisassem de um manual de instrução para se remontar. As perguntas eram inevitáveis e começaram a rodar na sua cabeça como asteroides no Cinturão de Kuiper. Mãe e filho praticamente não dormiram. O silêncio da casa era ensurdecedor. Jerry foi para a área dos fundos e ficou deitado no cimento olhando a imensidão da noite cheia de estrelas. Enquanto o cosmo se movimentava ia pensando no mistério da existência.

Somente nos dias seguintes conseguiu verbalizar perguntas, anotá-las e montar um plano para guiá-lo naquele vácuo que agora era onde ia caminhar: onde era a clínica, onde era a casa de Dona Eunice, qual o nome da clínica, o nome todo do Doutor Coutinho, do tal Doutor Ferreira. Parecia que as perguntas não acabavam mais.

Até aquele dia, a mãe sentia que era uma predestinada, que fora a vontade de Deus que a escolhera para aquela missão dando-lhe, por merecimento, mais que um filho, a oportunidade de ser mãe. Se por um lado tirar o peso das palavras aliviou sua alma, por outro foi como se de repente achasse que todo o amor dedicado a ele não fosse merecido, como uma danação e não uma graça. Esse paradoxo, fragilizava-a e, com isso não dava mostras de melhoras no seu estado de saúde, por isso não estava trabalhando, recebendo somente o montante da licença médica.

A curiosidade de Jerry e o interesse em ir atrás da sua história só aumentava e, vendo a mãe cada dia mais debilitada, insistia na procura às respostas de suas perguntas. Contou sua história para a professora de enfermagem obstétrica, por quem tinha simpatia. Foi uma decisão acertada, pois ela foi uma parceira importante na sua busca por esclarecer aquele passado.

Ao cabo de dois meses, Jerry já tinha sistematizado e esclarecido algumas das informações básicas dadas pela mãe. Ela se lembrou do nome da clínica e do endereço dos antigos patrões. A clínica se chamava Clínica Aurora, na Rua Santa Sofia (ela não lembrava o número, mas sabia descrever a casa), na Tijuca; o Doutor José Augusto Coutinho e Dona Eunice Coutinho moraram na Rua Caçapava 36, no Grajaú. A mãe não sabia dizer o nome do tal Dr. Ferreira. A caderneta de poupança tinha sido aberta na Agência da Caixa Econômica da Praça Saens Peña, na Rua Conde de Bonfim. Eram informações suficientes para começar a busca por dados mais atualizados.

Dona Eunice não morava mais na casa da Tijuca, mas uma vizinha informou que fazia uns três anos que tinham vendido a casa e que Dona Eunice tinha se mudado para um apartamento no Condomínio Village du Soleil, na Barra da Tijuca, perto de uma das filhas, que agora estava casada. A professora de Jerry foi quem procurou a Clínica Aurora, dizendo que estava fazendo uma pesquisa acadêmica sobre a oferta de fertilização nos serviços de saúde da cidade do Rio de Janeiro. O Dr. Ferreira já estava retirado do trabalho e a direção da clínica estava sob a responsabilidade do seu filho.

Dona Eunice levou um susto ao saber que aquele rapaz era filho da sua antiga empregada, mas lembrou-se perfeitamente da sua gravidez de aluguel planejada pelo falecido marido. Num primeiro momento se sobressaltou com a possibilidade de alguma retaliação, intimação ou extorsão. Depois, entendeu a angústia do rapaz e o seu desejo de conhecer suas origens biológicas. Advertiu-o sobre os riscos legais devido às clausulas de sigilo que os clientes devem ter assinado com a clínica, na época, seu coração tendeu a querer ajudar e disse que os papéis antigos que o Dr. Coutinho mantinha em seu escritório estavam encaixotados na garagem do edifício e deu autorização ao Jerry para pesquisar.

A professora de Jerry foi bem recebida na clínica e apresentou um projeto de pesquisa que contemplava os últimos vinte e cinco anos. Informaram que os arquivos em uso eram até cinco anos atrás, mas que por precaução a clínica mantinha uma sala de arquivo morto dos últimos trinta anos e a professora teve autorização para pesquisar.

A única informação positiva encontrada na pesquisa que Jerry fez nos papéis particulares do Dr. Coutinho foi o canhoto do depósito de trinta e cinco mil reais na caderneta de poupança que abriu para sua mãe, entretanto o recibo estava grampeado numa folha onde havia sido anotado à caneta, talvez como referência: BA 087/PT 171. Ao partilhar esta informação com sua professora, que já iniciara a pesquisa na clínica e se familiarizado com alguns códigos ali utilizado, conseguiram decifrar o que seria: Barriga de Aluguel 087 (muito provavelmente o número da sua mãe) e Paciente 171 (provavelmente o número de referência do casal doador). Com estas informações, em poucas semanas, já tinham o nome do casal doador: Lea e Jorge Feldman.

Jerry estava excitadíssimo, nunca lhe faltara amor naquela mãe com quem pouco se parecia fisicamente, mas de quem recebera sua própria maneira de ser no mundo, era um filho feliz. Agora que chegava perto de encontrar a sua parecença vivia um mistério de receio, medo, esperança e alegria. Sonhava e o sonho não passava de uma fantasia, como um pintinho prestes a furar a casca do ovo. Na vida é preciso aceitar o que se é e o que se pode ser, meu filho, dizia a mãe procurando dar-lhe força e segurança para ir fundo na sua busca. De certa forma, ela também tinha curiosidade em saber quem havia confiado o filho a ela.

O endereço dos Feldman na ficha da clínica estava desatualizado, mas não foi difícil encontrar o atual. Moravam no Leme, no começo de Copacabana. Uma novidade como essa pode mudar uma vida. Jerry, acompanhado pela sua professora, passou diversas vezes em frente ao prédio na Rua General Ribeiro da Costa antes de abordar o porteiro. Disse que era parente do casal e o porteiro não expressou surpresa. A professora, vendo que Jerry fragilizava, interveio dizendo que era tia do rapaz e prima de Dona Lea, perguntou se tinha alguém no apartamento àquela hora e se podiam falar com ela. Pelo interfone foi confirmado que Dona Lea estava em casa e, receosa de algum golpe, pediu que esperassem na portaria que ela iria descer.

Quando as coisas acontecem assim rápido, geram na mesma extensão dúvidas e expectativas, precisa tempo para ultrapassar as incertezas no âmago das pessoas. Quando Dona Lea Feldman viu Jerry na portaria levou um susto e precisou sentar-se. O rapaz era como ver o retrato do marido, falecido há dois anos, quando jovem. Que é isso!? deixou escapar entre pergunta e exclamação. A emoção deixou a pobre mulher muito nervosa e o porteiro logo buscou um copo de água. A professora novamente se adiantou e pediu a Jerry que fosse dar uma volta até a praia enquanto ela conversava com Dona Lea.

Enquanto esperava sua história ser contada, toda a água do mar não parecia ser suficiente para apagar o fogo que ardia dentro dele. Sorriu lembrando que vira em Dona Lea as mesmas sardas que ele tinha no rosto. O vento soprava seu sorriso ao lembrar do cheiro daquela senhora quando ajudou-a sentar-se na cadeira da portaria. Conforme se assustava na parecença com aquela mulher se devorava na dor do pertencimento. Pensava na mãe do Jardim Alvorada e na mãe do Leme. Caminhava lento no calçadão, o coração batendo alegre como se a felicidade do mar o envolvesse. Ser ou não ser, ser e ser, algo dentro dele queria pertencer a algo fora dele. Tamanha alegria contrastava com imensa dúvida de si mesmo, iria ter que reinventar-se, reconstruir-se por completo. Existia o medo da não-aceitação e a ousadia, acompanhada de satisfação, de se ter encontrado. Era como se essa vontade de si bastasse para guiar sua existência.

Jerry começou a tomar o caminho de volta e ao dobrar a esquina e ver o edifício de Dona Lea era como se já amasse as suas duas mães. Quando apareceu na portaria, Dona Lea levantou-se, tinha os olhos úmidos, timidamente abriu os braços numa atitude receptiva. Era preciso que ele não negligenciasse o que tinha sido construído até então e abraçasse algo diferente, que confirmasse a completude da sua construção e, ao mesmo tempo, consolidasse sua própria autonomia e emancipação. A partir daquele momento era dele a decisão de dar o primeiro passo.

CONSELHO EDITORIAL: Alencar Perdigão, Cláudia Masini
EDIÇÃO: Ophelia Edições
EDITORES: Bruna Fortunata, Guilherme Coelho, João Camilo de Oliveira Torres
CAPA, PROJETO GRÁFICO E DIAGRAMAÇÃO: Conrado Esteves
FOTO DA CAPA: Luis Fonsseca
REVISÃO: Luciana Jácome
TECNOLOGIA DA INFORMAÇÃO: Alessandro Guerra

Nesta edição, respeitou-se o Acordo Ortográfico da Língua Portuguesa de 1990, que entrou em vigor no Brasil em 2009.

Catalogação na publicação
Elaborada por Bibliotecária Janaina Ramos – CRB-8/9166

F676d

Fonsseca, Luiz

Descompasso / Luiz Fonsseca. – Belo Horizonte: Quixote, 2025.

200 p.; 13,5 X 21 cm

ISBN 978-65-986627-0-7

1. Antologia - Contos, Crônicas, Poesias. 2. Literatura brasileira. I. Fonsseca, Luiz. II. Título.

CDD 869.908

Índice para catálogo sistemático

I. Antologia - Contos, Crônicas, Poesias : Literatura brasileira

GRUPO EDITORIAL QUIXOTE
www.quixote-do.com.br
Av.Cristóvão Colombo, 516 | sala 606 | Savassi
30.140-906 | Belo Horizonte | MG
(31) 3141-1256

FSC
MISTO
Papel
FSC® C092828

#tudocomeçanalivraria
#quixote2025
#ophelia2025

[1ª edição 2025]

Esta obra foi composta em Bembo e impressa
em papel Chambril Avena 80g. na Artes Gráficas Formato
para o Grupo Editorial Quixote.